CUCHARA
CUCHILLO
TENEDOR

DIMAS
PRYCHYSLYY

CUCHARA CUCHILLO TENEDOR

28.º PREMIO DE NOVELA ATENEO JOVEN DE SEVILLA

algaida

El jurado de los Premios Ateneo de Sevilla de Novela estuvo compuesto por Emilio Boja Malavé (presidente), Espido Freire, Mercedes de Pablos, Francisco Prior Balibrea, José Vallecillo López, Gervasio Posada, Cristina Rico Cabeza, Miguel Ángel Rodríguez Matellanes y, actuando como secretario, Fernando Fabiani Romero. La novela *Cuchara cuchillo tenedor*, de Dimas Prychyslyy, resultó ganadora del 28.º Premio de Novela Ateneo Joven de Sevilla.

La dotación de este premio de novela, que convoca el Ateneo de Sevilla, ha sido posible gracias a la colaboración de las entidades Fundación Unicaja, Ámbito Cultural y Algaida Editores.

Fundación Unicaja

ÁMBITO CULTURAL

El Corte Inglés

© Imagen de cubierta: Alberto García Alix, *Tres hembras*, 1989. VEGAP, Sevilla, 2023. Suministro de la imagen: Banco de imágenes de VEGAP

Primera edición: 2023

© Dimas Prychyslyy, 2023
Representada por Agencia Literaria Dos Passos
© Algaida Editores, 2023
Avda. San Francisco Javier, 22
41018 Sevilla
Teléfono 95 465 23 11. Telefax 95 465 62 54
e-mail: algaida@algaida.es
ISBN: 978-84-9189-868-9
Depósito legal: SE. 1.717-2023
Impreso en España-Printed in Spain

PAPEL DE FIBRA CERTIFICADA

PARTE I

… y fui allí muy pobre y muy infeliz.

París no se acaba nunca,
Enrique Vila-Matas

Siempre vi a mi madre planear el futuro de sus hijos y el suyo. Un día ya no fue capaz de planear grandezas para sus hijos y planeó miserias, futuros de mendrugos de pan, pero lo hizo de manera que también tales planes siguieron cumpliendo su función, llenaban el tiempo que tenía por delante.

El amante,
Marguerite Duras

1

Melón-Melocotón

A la pregunta de «¿Y tú de dónde eres?» siempre contesto «¿Y a usted qué coño le importa?». Qué manía tienen ahora con esto de tutear, ¿acaso nos conocemos de algo?

La Norma ya no puede ni con la calculadora, dos telediarios le quedan, está como lo verde de las cebolletas en el cajón de la verdura, retorcidita-retorcidita, y como parduzca, olvidada. Entiendo que necesita ayuda pero esta que se ha buscado es un desastre, ya no hay cultura verdulera, se está perdiendo la raza. Antes entrabas y la nueva se sabía la vida de todo el barrio, ahora te preguntan y pestañean, y pinchan las frutas con esas uñas como navajas con abalorios. Eso, eso, tú dile que soy el profesor ese. La madre que parió a la Norma, casi se le escapa «el profesor maricón ese…», si es que ya no está la pobre ni para cotilleos. Hay que ver cómo han puesto los plátanos, debe ser cosa de la nueva, ¡qué obscenidad!

Lo primero que aprendí a decir fue «cuchara-cuchillo-tenedor», así, todo de corrido, como si fuese algo malo. Cuando uno no relaciona el sonido que emite con el objeto al que se refiere, todo suena a palabrotas. Acabábamos de llegar y ya mi madre se había ido a una isla, cuyo nombre me hacía gracia, con un abogado amigo suyo para conseguirle trabajo a mi padre. Yo ya desde pequeño apuntaba maneras y me escondía detrás de las puertas para ver al Hijoputa pelearse con las cacerolas y los fogones enfundado en un delantal de volantes, como una coreana en feria, ridículo.

No era feo, pero qué asco me daba. Con esos ojos azules y las pestañas como un puñao de cucarachas temblando después de cada parpadeo. «Por gilipollas te pasa», le susurraba yo, por aquellas aún en ruso, «por cagao y por hijoputa». Que tenía el prenda las manos más largas que una de Wagner, pero como buen pianista ni un callo, eso sí. Merecido lo tienes, y la otra en las Canarias galopándole la hernia al abogado para conseguirle un puesto de músico. Porque él de otra cosa no podía trabajar, Elton John se creería que era. Todo se lo tenían que hacer, sobre todo mi madre.

El día que nací estaba el asunto en oferta, así son las cosas, como las clementinas de la Nuria: salimos mellizos. Fruto de un músico falto de nervios y una ingeniera mecánica con mucha iniciativa. Las cosas de los ochenta, Dios nos proteja.

El Hijoputa se empeñaba en hacernos listas que según él eran básicas, y todas las tardes nos las hacía recitar de pie en el salón, fresquito como las calderas del Titanic, los dos en una postura como de pioneros soviéticos, intentando aguantar la risa y apretando el culo. Manzana, pera, uvas, limón (ese era fácil, como en ruso), mandarina (igual de fácil), sandía, melón, melocotón… De pronto a mi hermano se le escapaba un bufido y le salían rodando dos lágrimas y apretaba los labios sin poder juntarlos, como cuando te fumas un porro que te sienta bien. Entonces yo estallaba en carcajadas y me agarraba el pito y a medida que el Hijoputa se iba poniendo más y más rojo y a mi hermano le seguían rodando los lagrimones por las mejillas yo notaba como se me iba saliendo el pis y corría al baño, que por algún motivo estaba en la cocina, y la mayoría de las veces no llegaba y el hilo me recorría el muslo, pasaba por la cicatriz del gemelo y acababa en las deportivas blancas. Melón-melocotón era la combinación perfecta, las agudas en ene son infalibles, luego me llamarían en el colegio de las monjas una cosa que yo no sabía qué era. Melón-melocotón, que suena a bóveda y hace que te mees en las bragas. La de veces que me he meado yo de la risa de chico, por Dios, qué forma de reírse, y eso que motivos había pocos.

2

Azucena-Azuqueca

Plato, vaso, taza, cacerola, sartén (el viejo le decía «sartel»), olla, tabla, cazo, batidora, microondas y, del tirón, chuchara-cuchillo-tenedor. Una vez liberado de la lista salía corriendo a la calle más graciosa del mundo. La primera vez que oímos la dirección completa nos meamos los dos. En algún lugar de la frontera italiana con Francia. Y tuvimos que taparnos con las chaquetas los pantalones mojados porque no pararíamos hasta la noche. Lo que nos preocupaba era el olor. Menudas vacaciones. Unas falsas vacaciones por Europa para poder salir de aquel país. Unas vacaciones en un microbús atiborrado de gente, el concepto es el mismo que el de las pateras, un cayuco *primer mundo style* pero sobre ruedas. La dirección era: calle Azucena y el pueblo se llamaba Azuqueca. La combinación Azucena-Azuqueca nos pareció por algún motivo divertidísima. Nos pasamos el viaje repitiendo aquellos sonidos que nos debían parecer del África más profunda y secándonos las lágrimas y apretándonos la entrepierna, porque lo peor que podría ocurrir era mojar los sillones y que gotearan. No pararíamos hasta la noche, nuestras vacaciones consistían en llegar cuanto antes. No habría vuelta atrás.

En el número 25 de la calle Azucena, en Azuqueca de Henares, Elena Mélnik había encontrado un empleo de asistenta en la casa de Fernando González. Don Fernando, así le dijeron que debía llamarlo. Había nacido en 1900, como la abuela de Elena y acababa de enviudar. A lo largo del, según don Fernando, feliz matrimonio con Cósima Regalado, habían tenido cinco hijos y cuatro abortos. El último hijo, Francisco, había nacido con una discapacidad severa. Los médicos advirtieron que no pasaría del año de vida, la madre se encomendó a la Macarena, el padre recordó a uno de sus tíos y le contó a Cósima que aquello era una enfermedad de la familia. El niño vivió. Devoraba los melocotones y las nectarinas con sus encías desdentadas, y lo tuvieron que pasar a la leche de cabra porque llegó a rebanarle los pezones a la madre. Don Fernando decía que era la leche de cabra, ese era el motivo por el que seguía vivo, Cósima decía que no, que había sido la Macarena. Kiko no consiguió dar un paso hasta el día en el que cumplió los diez años. Los mayores, Diego y Roberto, lo llevaban sobre la espalda. Kiko daba miedo. Los vecinos lo evitaban. El padre decidió que era mejor tenerlo en casa y acabaron sacándolo una vez al día, lo sentaban sobre una silla de anea y lo ataban con una banda de tela resistente por debajo de las axilas para que no se cayera de boca. Todos los días a las seis de la tarde una paloma se posaba sobre el hombro izquierdo de Kiko y se quedaba quieta hasta que lo desataban y lo volvían a meter en la casa. La madre decía que era la Virgen del Rocío. El padre que era por ese olor que desprendía, como a avena fermentada, a establo.

Don Fernando se cansó de esperar su propia muerte o la del hijo menor, de modo que se vio rebasados los noventa, viudo y a cargo del enfermo. El día que murió Cósima, puso todos sus abanicos sobre la mesa donde estaban los dos televisores —ya que nunca se ponían de acuerdo sobre los programas que querían ver y decidieron poner dos aparatos para evitar disputas—, colgó una foto de la fallecida sobre el radiador que tenía a mano izquierda, para verla con claridad en los momentos de olvido, y vació el último cajón de la librería, de puerta abatible, pensado para guardar licores y usado por la mujer como costurero, con el fin de llenarlo hasta los topes de esas chucherías que ahora comían los niños. «Al diablo la diabetes —se dijo— antes porque no teníamos para comprar, y ahora que tenemos el médico sale con la diabetes, ¡al carajo!».

Esa tarde, Kiko y don Fernando cenaron chucherías. Don Fernando las había esparcido por la mesa camilla formando montoncitos de colores. Kiko se reía cada vez que cogía una para devorarla, la última se la llevó a la boca, la rechupeteó largo rato, se la volvió a sacar y la lanzó con fuerza contra el televisor de la derecha, el de Cósima, el que estaba apagado. La gominola quedó adherida al cristal oscuro. Después del correspondiente bastonazo, don Fernando concluyó que no podría hacerse cargo él solo de la casa. Los hijos venían de vez en cuando, pero necesitaba a alguien que se ocupara de Kiko, él ya no estaba en edad de cambiar pañales.

3

Coche-Coche

Yo no sé en qué coño estaba pensando mi madre cuando después de un año sin vernos nos puso sobre el duralex marrón, que transparentaba los agujeros del hule de la cocina de don Fernando, un trozo de empanada de atún, un sándwich de jamón ibérico y un vaso de horchata. Loca del coño tenía que estar ese día que ni siquiera pensó que aquello nos iba a saber peor que el natre. El atún todavía, pero el rancio del jamón sobre el pan de molde, sin tostar ni nada, que se pegaba al paladar a cada mordisco, me hizo devolver aquella porquería sobre el plato. Había un aquelarre de vecinas y nueras mirando a los dos niños rubios devolver en forma de emplasto marrón la sustancia que a ellas les había quitado todos los males, la carne bendita que, tras la de Cristo, limpiaba los pecados y representaba el paraíso carnal en la tierra: el jamón del AhorraMás a 6.630 pesetas el kilo. «Comunistas del demonio», soltó la mayor de las nueras, y disolvió el cónclave.

Entre todas las cosas comprables, nosotros que veníamos de un lugar en el que llevaba dos horas comprar un kilo de tocino, mi madre decidió que el mejor y más espectacular de los regalos serían unos patinetes. Pues como dos subnormales íbamos de un lado a otro de la calle, uno con el patinete azul y el otro con uno rojo, los manillares esponjosos que absorbían el sudor de las manos, la base metálica que reflejaba el infernal sol de julio a juego con el freno que se enterraba en la reblandecida rueda de goma. La calle Azucena tenía un recodo en su parte final, que se convertía en una costanilla que se volvía escalera. En aquella parte no se oían los coches, y a causa de la pendiente los patinetes volvían lanzados. Soledad era la vecina que vivía enfrente de la casa de don Fernando, en un primero, y le daba pereza bajar a la calle con su silla desplegable, así que optaba por asomar medio cuerpo por la ventana, desplegar la labor de ganchillo que tocara ese día y comunicarse a gritos con los congregados al otro lado de la calle. Don Fernando, que era una persona ingeniosa, alabó sus dotes vocales comparándola con la Chelito, y le sugirió a Sole que cada vez que viniera un coche y nosotros estuviéramos en la cuesta detrás de la esquina, se desgañitara para avisarnos. De esta manera, aunque no oyéramos el vehículo, quedábamos avisados, como el resto del vecindario. La Pradera contaba que la primera palabra que dijo su hija fue «taxi», a nosotros nos pasó algo similar, aún me retumba en la cabeza la voz de pito de la Sole chillando «cocheeeee-cocheeeee». La más cotilla del barrio, la Sole. Qué mal me caía.

Mi padre no tardó en percatarse de la excesiva frecuencia con la que mi madre se escondía en la cocina para hablar durante horas con una amiga. La amiga se llamaba Manolo y era el abogado. La amiga de verdad era Tamara y nunca llamaba por teléfono, solía venir los miércoles a tomar café, ella también fue de las primeras en poder escapar después de la disolución de la URSS. La falsa amiga, o sea, Manolo, tenía, según mi madre, intenciones cristianas y desinteresadas de ayudarnos con los papeles. Lo había conocido en la Expo de Sevilla, y luego volverían a coincidir en Tenerife donde mi madre desembarcó como cocinera de un crucero. El Hijoputa decidió comprobar la autenticidad de aquella historia a base de puñetazos. El ritual se repetía todas las noches, cuando comenzaban los gritos la Sole subía la persiana y afinaba el oído, yo cogía a mi hermano del brazo y hacíamos como ella, con medio cuerpo asomado por la ventana gritábamos: «coocheeeee-coocheeeee». Para que la muy puta no pudiera escuchar los gritos de mi madre, para que mi madre supiese lo que se le venía encima aunque no lo viera.

4

Las huidas

A don Fernando le dio un ataque de celos al poco de poner mi padre un pie en aquella casa. Elena era suya, para eso le pagaba la miseria que le pagaba, para que fuese de su propiedad y le sonriese y le cocinase comida de Europa del Este y le limpiase el culo a su hijo sexagenario y desvalido y para presumir de empleada guapa en el mercado y para que le ayudase a cambiarse la bolsa del costado cuando él no podía y comenzaba a rebosarle la mierda, no para presenciar cómo su marido se la comía con los ojos adivinando las bragas tras el satén barato de la bata. Por su parte, mi padre se puso celoso de la falsa amiga y amenazó con matar a mi madre cuando esta consiguió reunir tras dos años de ahorros las últimas mil pesetas para poder comprar un teléfono móvil. El armatoste parecía un microondas, con una antena que llegaba a la ventana de la Sole. Decía mi madre que no era fumadora ni bebía ni tenía coche ni iba al cine, así que se podía permitir ese capricho, un canto a la modernidad y a las pelis americanas y una forma de poder hablar con su madre una vez al mes desde la intimidad de su dormitorio.

Las llamadas del abogado no tardaron en llegar, las palizas diarias se dispararon, Sole perdió el interés y nosotros no conseguíamos disimular el ruido de las broncas al desgañitarnos con el aviso del coche. Una tarde, le dije a mi hermano que me iba a fugar y que si quería que se viniera. Que nos íbamos en patinete a Madrid y que les dieran por el culo a los dos estos y sus discusiones. Me dijo que se apuntaba, así que nos llevamos provisiones en una mochila, y un domingo a las seis de la mañana, partimos rumbo a Madrid propulsándonos a pisotones contra el asfalto, convencidos de que llamarían a la policía y mi padre se daría cuenta de que era su culpa y nos pedirían perdón y nos llevarían a Barcelona y nos comprarían un peluche de Cobi, y luego a la playa a ver delfines y comer hamburguesas con mucho, mucho, mucho kétchup, porque todo el mundo sabía que Barcelona era la capital del kétchup y los delfines. Llegamos a un parque que había al final del pueblo, inundado por el olor molesto de los olivos, al lado de unas vías de tren. Nos sentamos en una piedra y nos comimos los dónuts y las tabletas de chocolate blanco y comenzamos a llorar. Yo, porque sabía que aquello no iba a cambiar a mis padres, y mi hermano, porque decía que Madrid estaba para el lado opuesto, que estábamos yendo a Guadalajara.

Volvimos arrastrando los patinetes hasta el centro del pueblo, donde había un restaurante chino, de los primeros; el dueño estaba levantando la reja y hablaba con el barrendero. El barrendero nos vio cruzar el bulevar sorbiendo los mocos, se nos acercó y nos dijo algo que no entendimos, comenzó a hacernos gestos y mi hermano me dijo que su cara le resultaba familiar, yo me acordé de la abuela y de los secuestradores que tanto la obsesionaban y del sueño que tuvo un día conmigo. En el sueño ella trepaba por una tapia, como de una cárcel o un campo de concentración soviético, entonces yo la adelantaba y llegaba hasta lo alto de la valla y saltaba, ella hacía lo mismo al poco y cuando pisaba el suelo se encontraba con un barrendero que en el palo de la escoba tenía pinchada mi cabeza, el pelo rubio ya negro. Yo pensé que ese debía ser el barrendero con el que soñó la abuela, no tenía cojones ni nada la tía para contarle semejante cosa a un niño de siete años. Cogí a mi hermano por el brazo y salimos corriendo antes de que nos sacaran las tripas y vendieran los órganos a los japoneses, que eso también lo decía la abuela, que los órganos de los niños los compraban los japoneses porque como eran muy bajitos a ellos les servían.

Al volver a casa, mis padres seguían dormidos, ni se habían enterado de la fuga. Aquel mediodía volvió a sonar el teléfono y mi madre anunció que se iba a Tenerife a buscarle trabajo a mi padre. Durante esos días él tendría que hacer el suyo como chacha de don Fernando y cambiarle los pañales a Kiko y limpiarle el culo y cocinar platos típicos de Europa del Este. Ese día no comimos en casa, mi madre se puso las gafas negras para disimular el nuevo moratón y dijo que nos íbamos de rebajas y que comeríamos en el McDonald's y que nos iba a enseñar la casa de la reina Sofía. Me enfadé con mi madre porque no nos había contado que era amiga de la reina, pero aun así quería ver la casa, que seguro debía tener más de cuatro dormitorios. Cuando el tren arrancó y dejamos el parque atrás, mi hermano me dio un codazo y dijo que él tenía razón, que Madrid estaba para el otro lado.

5

El puto niño

Mira que se lo dije al gilipollas de mi hermano, si viene el niño, a mí que no me traiga a sus novias a follar aquí en el salón, que esto es una casa decente y solo entran maricones. Pues no, me trajo ayer a una cayetana vestida de Cortefiel, que es el colmo del mal gusto, y me la intentó colar por trans. Este niño se cree que yo soy estúpida, que una ya tiene más de seis sexenios de antigüedad y canas donde ni se imagina. Veterinaria iba a estudiar el descerebrado, qué Veterinaria ni qué coño de Veterinaria, Veterinaria en el Tinder iba a estudiar ese. Pasé de hablar con el padre y telefoneé directamente a la Mónica, que aunque sea navarra tiene dos dedos de frente, y le dije que al niño, como mucho, Periodismo, que para más no da y tú lo sabes que es culpa de tu familia. Que cuando se la sacara —la carrera, quiero decir— ponle unos ocho años o nueve, no menos, le dije, ya hacía yo unas gestiones con Pedro Cabrales y lo mandábamos de corresponsal a Toronto o a algún otro lugar decente y alejado. Afirmó que Estados Unidos siempre ha sido un destino seguro, luego pregunta que a quién le salió el esbirro, hija, pues a tu ralea, a quién va a salir, que sois todos músicos.

Mamá casi se infarta cuando se enteró de lo de veterinaria, dijo que no pisara la isla, que lo desheredaba, que lo de casarse con una profesora de música primero y poner de primer apellido el de la madre después ya le había costado un disgusto, pero no estaba dispuesta a ver a su único nieto ir de pueblo en pueblo inseminando a las vacas y sacando muelas a los borrachos. Esta mujer después de treinta y cinco años no se ha enterado aún en qué país vive. Aunque sobre la inseminación vacuna estoy de acuerdo.

El otro día, el puto niño me preguntó que si era pasivo o activo y yo le dije que si era gilipollas o si quería superar en méritos a su tío Fernando. Se encogió de hombros y dale al telefonito. Eso pasa cuando tienes hijos a los veinte con una que tiene casi treinta y lo único que se ha sacado es la banda de Miss Simpatía de su pueblo tras un atropellado paso por el conservatorio. Luego está lo del nombre, la Mónica se empeñó en ponerle algo con reminiscencias eslavas, y mi hermano se empeñó en que le pusieran de primero el apellido de ella, en resumen: Iván Molina Mélnik. Lo de esta familia no es normal. Mélnik significa «del molino», Iván Molina del Molino, tócate los cojones. A panadero lo metía yo. Si es que cuando digo que a estos les faltan cinco minutitos de incubadora, por algo lo digo. Menos mal que mi señora madre me puso David y no Sergey, que más allá de las respuestas obvias que me hubiese ahorrado, habría en España dos Sergios del Molino y eso tendría rango de catástrofe global, al menos para María Pálmer.

6

Un hombre con estilo

El Hijoputa se pasaba el día rondando el teléfono color aceituna que colgaba de una pared en la cocina de don Fernando. Había ordenado a mi madre que lo llamara tres veces al día para tenerlo al tanto de los avances y de paso vigilarla. Lo único positivo de que se hiciese cargo de las tareas de mi madre era que llegaba reventado: se quitaba el mandil, decía buenas noches al viejo que dormitaba en el sofá y cruzaba como un zombi los dos metros de calle que separaban una casa de la otra y caía redondo en la cama. Ya no había a quién pegar, aunque siempre le quedaríamos nosotros como último recurso de desfogue.

Durante aquellos días nos subían un túper con lo mismo que comía don Fernando, la comida de mi padre había sido un absoluto fracaso y una de las nueras salió al rescate. Tere preparaba unos guisos copiosos y unas patatas melosas que resultaban imposibles bajo el sopor de un agosto al que no estábamos acostumbrados. Todas sus comidas sabían igual: a ajo quemado y pimentón. Uno de esos días nos subieron un arroz al que mal llamaban paella; con el paso de los años he reflexionado mucho sobre los motivos que movieron a aquella mujer a mezclar espárragos con maíz, guisantes y mejillones de lata. Escarbábamos con cuidado separando el arroz de toda aquella morralla y, tras abrir la ventana cuarteada, subíamos un poco la persiana verde de cuerda y colocábamos los mejillones en fila sobre el alféizar, hacíamos lo propio con los espárragos (blancos, también de lata) y acabábamos con un montículo de maíz y guisantes. Yo creo que la Tere lo hacía para joder, para joder a los comunistas del demonio que le habían hecho asco a su jamón del AhorraMás, ahora se iban a enterar, debía murmurar la mujer, asomada sobre la *padella* a la que iba echando todo lo que trincara.

Mi madre volvió de las Canarias como si hubiese pasado por la consulta de un cirujano plástico, el efecto en el rostro de mi padre era el contrario. Creo que se pasaron un fin de semana entero discutiendo. Mi madre se puso su vestido negro de tirantes, las plataformas negras y las gafas ojivales de sol, y fue a comprar una maleta en los chinos de la plaza. Nos dijo que todo iba bien y mejor que iba a ir. Había conseguido un trabajo para el Hijoputa, de músico, en uno de los restaurantes que tenía el abogado en propiedad. Era fácil, solo tendría que aprenderse todo el repertorio de Julio Iglesias. Me dio por reír, me encantaba la idea de que desapareciera, la idea de no volver a oírlo ni a olerlo, ni a caminar de puntillas para que no se despertara ni a tener miedo de abrir la tarrina del helado de chocolate o el paquete de cacahuetes, que eran sus favoritos.

Mi madre nos dijo que lo llamáramos don Manolo, al igual que a ella se le dijo que llamase al viejo don Fernando. Manolo tenía unos asuntos que arreglar con algo relacionado con el petróleo y, ya que estaba, insistió en llevarse a mi padre para que el pobre mío no se perdiera ni tuviese que tomarse más molestias que la de hacerse entender y fingir una sonrisa.

Extraña forma de ganarse a una mujer la de Manolo. Acercarse a su marido para alejarlo de ella y en esa unión crear una distancia insalvable entre la pareja, un hueco que ya se encargaría él de rellenar a medida que fuera engordando. La verdad es que tenía estilo, un estilo más allá de los casi dos metros, una barba cuidadísima cuando aún no se llevaban barbas y unos ojos color miel a juego con los rombos de la camisa de seda. Imponía. O al menos eso me parece ahora.

7

La frontera de Austria

La primera vez que oyó el nombre de Manolo fue en un hotel de segunda en la frontera austríaca. No tengo recuerdos ni de Rumanía ni de Hungría, así que imagino que no hubo complicaciones. El Hijoputa tenía —tiene aún— el miedo pintado en la cara. Y luego está lo del equipaje. A quién se le ocurre hacer un viaje de dos semanas por Europa, acompañado por dos niños, con un bolso de mano en el que apenas cabían dos mudas, un cuchillo cebollero y un palo de salchichón. Hay que tener pocas luces. Sobra decir que nos fuimos con lo puesto.

Supongo que será alguna actitud congénita en los que se enfrentan por primera vez al exilio, un plañido temeroso previo a alcanzar el insignificante estatus de meteco. Su cara era un enjambre de tensiones, chasquidos y silencios. No tuvo ningún cuidado a la hora de disimular el miedo y fingir indiferencia en los pasos fronterizos. La vida no depende de unas vacaciones. Con esos defectos expresivos había cuatro o cinco viajeros más. A los compungidos catetos ligeros de equipaje nos dejaron tras la valla. Algunos días más tarde, ya en Francia, una señora que iba con su hijo y con la que compartíamos destino, le dijo a mi padre «el secreto es llevar varias maletas, que sean caras aunque estén vacías, y no tener aspecto de desaliñado».

La del hotel de la frontera fue la primera ducha en varios días. Nunca había estado en una cabina de esas, con unos paneles de plástico rugoso que imitaban gotas de agua. Me hice varias pajas y gasté todo el gel de ducha, que me pareció un descubrimiento, hasta entonces solo había visto pastillas de jabón. La bronca fue doble, mi padre se pasó media hora con su diccionario delante del aburrido anciano que ocupaba la recepción, intentando pedirle gel de ducha.

Esa fue la única parte del viaje que, desde mi inexperiencia, imaginé que tendría que parecerse realmente a un viaje de verdad. Mis únicos viajes felices habían sido al pueblo, y me los prohibieron porque, según el Hijoputa, mi abuela era una mala influencia para nosotros: bebía.

Luego estaban los viajes al mar Negro, un auténtico coñazo. Viajábamos porque él se hacía el agosto tocando *chundachundas* balcánicos para los veraneantes en restaurantes de tercera, que a nosotros nos parecían el Palace, ya que ponían erradas copias de *pizzas* y hamburguesas, según los camareros americanas ambas, eso sí, con mucha nata agria todo y bien de eneldo. Yo prefería el pan de ajo del pueblo y los revueltos con verduras y los pepinos recién cogidos de la huerta, cuyas barbas picaban en el bigote al morder. También prefería las partidas de cartas de mi tía, la abuela y su hermana, con la mesa como un *ring* donde combatían las picas contra los tréboles y el vodka tintineaba aumentando los pepinillos y el pan de centeno tras la botella, que a mí me gustaba espiar con un ojo cerrado.

En el mar Negro nos quedábamos en un hotel en ruinas, no por descuidado, era literalmente un hotel en ruinas. Un vestigio reciente de los últimos coletazos del comunismo que, como tantas cooperativas y complejos turísticos, se había quedado varado al primer aldabonazo de la perestroika. Lo regentaba una señora que había perdido su puesto en una compañía de ferrocarriles. Era una okupa. Gracias a un antiguo contacto compró una docena de vagones azules y blancos, los instaló en una parcela junto al hotel abandonado, mandó construir una chabola a modo de cocina y comedor y sala de estar para los visitantes y se instalaron unas duchas con un rudimentario mecanismo de cubo y cuerda: un alarde de pobreza de lujo.

Los precios bajos y la simpatía de aquella mujer propiciaron que se corriera la voz y el sitio se volvió popular. Cuando los vagones se le quedaron cortos, decidió tirar la valla que separaba su propiedad de la del hotel en ruinas e inspeccionar las primeras plantas para ver qué habitaciones eran medianamente habitables. Sobornó al viejo guardia con tocinos ahumados y aguardientes de su propia producción y construyó sobre las ruinas de la recién desmoronada URSS un lucrativo negocio para gente sin muchos escrúpulos y poca blanca, que por aquellas incluía a la totalidad de la población. Para nuestra desgracia, mi padre se enteró del chollo y allí que íbamos todos los veranos a echar cubos de agua por el inodoro y a contar las horas de luz porque no había instalación eléctrica.

El paraíso postsoviético de los que anteponen el derecho universal de ver el mar a la falta de recursos.

Nos invitaron a bajar del microbús poco después del atardecer, de modo que aquella localidad fronteriza sin nombre ni habitantes fijos se me antojó como una especie de Las Vegas alpina donde los altos tejados de madera convivían con cierto espíritu navideño en pleno verano entre brillantes camiones y titilantes puticlubs. Era el acabose. Unos camioneros polacos que hablaban ruso nos indicaron cuál era el hotel más barato. Después de insistir en que no deshiciéramos el equipaje, el Hijoputa fue a explorar la selva de neón en busca de una cabina telefónica. Yo aproveché para ducharme y descargar todas mis ausencias sobre el vago recuerdo de un joven campesino que vivía frente a la casa del pueblo de mi abuela. Mientras me ocupaba en aquellas labores, aún estériles, mi padre oyó por vez primera el nombre de Manolo. No sé qué apretaría más si el auricular del teléfono o las mandíbulas, pero accedió a que mi madre hiciera las gestiones necesarias para sacarnos de allí.

8

Los cromos de *Viy*

Ahora debo de tener aproximadamente la edad de mis padres cuando decidieron dejar el país. Nos tuvieron bastante tarde para lo que se estilaba, cosa que empeoró el asunto. Mimados, eran los dos hijos más mimados que se pueda imaginar, aunque luego la vida trata a todos por igual, sin miramientos. Lástima que nadie les advirtiera.

Con treinta y ocho años, mi madre decidió huir, siempre se le dieron bien las huidas. Había un videoclip a finales de los ochenta en el que salía una señora infiel, la abuela solía decir: «Mira, como tu madre». Las cosas no podían ir peor.

Le compró a una amiga un abrigo forrado en piel y un bolso de viaje a juego, vendió un medallón de ámbar engastado en oro, que era de las pocas cosas que la bisabuela había conseguido salvar al paso de los alemanes, para tener algo de dinero durante el viaje, y se endeudó con todos los conocidos. Creo que el botín final no superaba los quinientos dólares. Mi abuela se fue a la cama sin darle un beso a la hija ni desearle suerte en el viaje. Mi madre había optado por decirnos que se iba a Kiev, el único que estaba al tanto del viaje real era mi padre. Parte del botín recaudado fue a parar a una juguetería del centro de la que nos trajeron al día siguiente dos enormes perros de peluche.

Yo imité a mi abuela, desde muy niño no soportaba la idea de que alguien se fuera y yo me quedara. No tenía que ver con las despedidas o la falta de desapego, tenía que ver con una irracional necesidad de movimiento, de viaje, de evitar la rutina incluso antes de conocerla, de ver cosas nuevas y sobre todo cosas de adultos. Me fui a la cama enfadado con mi madre, a saber lo que haría en Kiev, seguro que tenía un amante como la del videoclip y estaba harta de hacer malabares para conseguir un kilo de papas o medio de arroz o un litro de leche o algo de tocino en el mercado, por eso la abuela se ha enfadado con ella y no se ha despedido, me decía, por eso yo debo enfadarme igual que la abuela e irme a dormir, me decía, porque yo también tengo derecho a tener un amante en Kiev y a abandonar a mi familia sin dar explicaciones.

Mi hermano, sin embargo, hizo todo lo contrario. Años después me confesaría que fue como si le amputaran algo, como si lo estrangularan: mi madre siempre ha sido la mujer de su vida, a la vista está, que la Mónica es como una fotocopia. Al día siguiente me enseñó una cadena de oro rosa y un anillo, de los buenos, no de los soviéticos, de esos que tenían más cobre que un botín gitano, sino un anillo de oro bueno con un cabujón de malaquita que mi madre había comprado en Praga. Mi hermano no se lo quitaba ni para bañarse, el día que nos instalamos en la casa nueva de Azuqueca se lo devolvió. Yo no habría podido. Las lealtades.

Por lo menos el Hijoputa le dejó la cadena con el anillo, porque lo que es a mí, no me dejaron llevarme nada, que todo aquello eran mariconadas, que con este viaje me iba a hacer un hombre. Pues a ver si te haces tú también un poquito, tenía que haberle dicho. Yo me quería llevar un muñeco articulado que mi madre había comprado en los chinos de Azuqueca y nos había enviado en un paquete junto a dos nórdicos de plumas y unas bolsas de gominolas y frutos secos, que de eso por allá no se encontraba entonces. El muñeco no tenía especial interés para mí, salvo que iba uniformado de militar y se le podía quitar toda la ropa y se quedaba en cuerito vivo, con sus pectorales y sus abdominales, que eso mi padre no lo había tenido ni en mis sueños. La lástima era el *slip*, que estaba como dibujado y no se podía quitar ni nada; aquello me parecía el fallo mayor de la historia de la industria del juguete infantil. Pero no me desanimé y le pedí a mi abuela que me hiciera unos *shorts* de seda rosa y un top amarillo para ponerle al militar en verano, aunque eso sí, las botas siempre se las dejaba, le daban un aire así un poco de no sé qué, a lo Tom de Finlandia. Pues al Stas lo tuve que dejar porque se empeñó el Hijoputa. Lo llamé Stas porque era igualito que un amigo de mi hermano que vivía a dos portales y con el que me ponía antipático sin motivo aparente y que me amenazó una vez con partirme la entrepierna y a mí aquella idea, por lo que sea, no me disgustó del todo. Lo de Stas lo conseguí encajar, pero lo que no pude encajar al punto de desmoronarme hecha una magdalena sobre el sofá del salón fue lo de las pegatinas de *Viy.* Eran unas pegatinas que venían con los chicles y que representaban los monstruos de la obra de Nikolái Gógol. La de ahorros que me había costado aquella colección y la de trueques y disgustos cuando me salía la misma puta bruja repetida, que ya tenía veinte de la misma y que encima era la más fea. Los tenía ordenados por el número que traían en la esquina superior (los repetidos al final y dados la vuelta, castigados), guardaban un artificial aroma a fresa que aún recuerdo y los almacenaba en un monedero de piel que había sido de la abuela de mi padre. Pues el Hijoputa ni el monedero aquel dejó que me llevara, qué hombre, Dios mío, qué hombre, o lo que sea que sea.

Así que con lo puesto nos fuimos, mi hermano con su amuleto de malaquita y yo con los ojos podridos de llorar porque no me habían dejado llevarme ni a Stas ni los cromos de *Viy* ni tampoco me habían dejado despedirme de la abuela y de la tía, las maternas. Los otros me daban igual.

9

Happy Meal

He llamado a la Petricor porque yo no sé si son cosas mías, que de la mitra nunca he estado yo muy católica, o si eso le pasa a todos los niños, bueno, o al menos si les pasaba a los de nuestra generación. Veinte años de amistad y no soy capaz de recordar el cumpleaños de la tía esta.

Rafaelito Petricor le decían en Salamanca, como sortija al dedo le iba, y Petricor se quedó. No voy a dar datos que luego la gente habla, pero la Petricor es una magnata de uno de los sectores más casposos del país, y yo como soy muy discreto y animalista, me voy a callar, que aquí el que más pone más pierde.

Nos conocimos en clases de ruso, cómo llegué allí es otra historia, la cosa es que necesitaba tomar clases y la Petricor, que siempre ha sido muy friqui, por aquellas tenía obsesiones zaristas y la cabeza llena de trigo sarraceno y crema agria con caviar, fue a lo primero que se apuntó. Como si la tuviera aquí delante, que de hecho aquí delante la tengo, con sus botas de Timberland y sus camisas a cuadros de oferta del Corte Inglés y esos ojos como de vaca, «coño, que mi abuela es de Córdoba, a ver qué te has creído tú, maricón», no paraba de repetir. Se dice que el petricor, y vive Dios que no hay nada más cursi, es ese distintivo aroma que acompaña a la primera lluvia tras un largo período de sequía, pues eso fue la Petricor para mí, agua de mayo, que yo venía de unas sequías que a eso con veinte años no hay derecho. La milonga, de todos modos, nunca estuvo clara, yo creo que la marica por aquellas era aficionada, Romanov y caviar aparte, a ciertas prácticas meteorológicas que la dejaban como Zeus a la Dánae, y como se le quedaba un tufillo pues por eso la bautizaron la Petricor: por guarra.

—¿La primera? Uy, a saber, hará siglos de eso. Yo creo que a mi primo, el Pepe, en el secadero de tabaco que tenía mi abuela. ¡Qué cosa más bonita, hijo! Chiquitita, pero preciosa.

—Eso sí que no me pega contigo… —Vamos, una polla chica la Petricor, creo que una vez vio una en el trozo nudista de Conil y casi llega a nado a Algeciras.

—¿Y ya había McDonald's en esas fechas? No se dieron prisa los soviéticos ni na…

—Fue el segundo o el tercero que abrieron. ¿Recuerdas la que se armó en Moscú con el primero? Las señoras haciendo cola con sus bolsas de malla, si hay cola, algo bueno habrá, decían… Qué lástima de gente, qué pena más grande. Una de las que sale en el reportaje está convencida de que hay berenjenas, estaría difícil encontrarlas en Moscú; la verdad es que el noventa fue terrible. Menos risas, que tú no has pasado una necesidad en tu vida, Petri.

—No te pongas en plan viuda de guerra, que aquí cada una tiene lo suyo, David. Yo hambre he pasado mucha, no de esa, pero he pasado mucha, guapa.

No dejé de darle vueltas a los cromos de *Viy* y a Stas el muñeco hasta que llegamos a Kiev, una noche entera llorando y viendo a mi hermano darle vueltas al anillo. Lo de mi abuela se me pasó a mitad de camino porque me dije que tarde o temprano volveríamos, aunque fuese de visita. Qué equivocado estaba. Mi padre se hizo amigo en el autobús de una señora que iba con su hijo a Hungría.

Nos recibió la figura enorme de la Madre Patria con su escudo cubista y su espada como un bloque de nueve plantas, aquello para mí ya era el extranjero. Olga y su hijo nos dijeron que lo más cómodo era esperar en el McDonald's de no sé dónde, que a esa hora tenía que estar bastante despejado, luego se ponía imposible. Olga pidió tres menús infantiles y dos hamburguesas grandes, sobra decir que mi padre no se manejaba. «Podéis pedir todas las bebidas que queráis —nos dijo— yo invito». Mi padre protestó diciendo algo sobre los azúcares, los colorantes y la poca vergüenza de los dentistas, la mujer levantó una mano como dando a entender que ya tenía bastante con lo suyo. Tenía un aspecto a lo Gertrude Stein, con el pelo canoso muy corto, a trasquilones. Lucía una expresión trágica, como de haber tomado muchos cafés y haber dormido poco en la última semana. Llevaba un chándal a juego con el de su hijo. El hijo tenía una mirada desafiante y no paraba de hacer ruido sorbiendo con la pajita. Nada que ver con el campesino del pueblo de la abuela.

Se la sacó cuando fuimos al baño después de haber perdido la cuenta con las Coca-Colas, era como una botella de agua pequeña. Yo, como siempre, me quedé atónito por algún motivo, me dieron ganas de darle un empujón y empotrarlo contra el urinario al que yo no llegaba, pero no lo hice, solo me quedé mirando. Él sonreía. Recordé el episodio de la empanada detrás del colegio. Seguía mirando aquella cosa enorme y amoratada, el chico se pasaba la lengua entre los dientes y sonreía con los ojos entrecerrados. Su cara de rasgos afilados y media melena rubia no se correspondía con aquello. Se me pasaron las ganas de mear. Toqué.

10

Las empanadas

Gregori Mélnik rodó por la alfombra hasta estamparse contra el armario que estaba al final de la única estancia. El motivo era la felicidad que le producía el tintineo de las llaves que colgaban de su índice. Iba borracho como una cuba y su mujer tuvo que dejar a la recién nacida para intentar levantarlo. Gregori figuraba como solicitante de una vivienda desde hacía más de diez años en la lista de la fábrica donde montaba motores de cosechadoras. Su mujer, Galina, trabajaba en la misma fábrica. Tenían dos hijas. La mayor, Elena, y la segunda, Nina. Durante el embarazo de la última, a los ocho meses, Galina se desplomó cerca de un paso a nivel y fue trasladada a un hospital en el que la operaron de urgencia por culpa de una peritonitis. Gregori se pasó dos días recorriendo la ciudad hasta que dio con ella. Habían conseguido salvarla de milagro, le había estallado el apéndice, sin embargo la niña necesitaría cuidados, les dijeron.

Hasta que no se mudaron a la casa nueva Nina no presentó ningún comportamiento anómalo. Lloraba mucho, tenía siempre las palmas de las manos ardiendo y salía espantada cuando veía al hijo de María Petrovna, la anciana que les alquilaba un viejo caserón en un barrio de las afueras de la ciudad, pero nada más, esas eran sus mayores rarezas.

Gregori había nacido en Polonia. Durante la guerra, un vecino lo había escondido junto al hermano mayor y la abuela materna —que a sus ciento ocho años había sufrido todos los conflictos bélicos que uno se pudiera imaginar—, en una cava entre un montículo de sacos de papas. La abuela no llegó a ver el final de la guerra. Ellos sí. Vagaron por los bosques alimentándose de bayas y conejos. Gregori contaba que había días en los que no veían la luz del sol por la altura y lo tupido de las copas de los árboles. Un hombre que iba con un carro de bueyes los encontró tirados en la linde de un camino, se habían envenenado comiendo setas. Sobrevivieron. Trabajaron en la granja de aquel hombre viudo que tenía dos hijas, la menor se casaría con Stepán, y juntos criarían a Gregori en un minúsculo cuarto de las afueras de Minsk. Al poco de cumplir Gregori los veinte años, el hermano le dijo que se iban a Ucrania, a trabajar en una fábrica que acababan de inaugurar.

Gregori llevaba dieciocho años trabajando en la misma fábrica cuando le dieron el piso en una de las calles más céntricas de la ciudad, tenía tres dormitorios, una cocina, un salón, dos balcones y baño soviético, es decir, el inodoro en un cuarto poco más grande que un armario —sin lavabo—

y la bañera y el lavabo en otro cuarto contiguo algo más amplio; todo un lujo en comparación con el retrete del patio de María Petrovna. El suelo era de listones oscuros separados por varios centímetros entre sí, Galina comentó que aquello debía de ser parqué. Se instalaron con dos ollas de peltre, una cesta de mimbre con huevos, una maleta de cartón donde cabía toda su ropa y el jergón de paja que María Petrovna les había hecho el favor de prestar. Sacaron los huevos y los pusieron en el fregadero y acostaron a Nina en la cesta de mimbre. Se sentaron en el jergón y comieron pan mientras Elena corría por el piso haciendo el avión, ocupada en comprobar que el eco de su voz funcionara en todos los cuartos.

Nosotros nos criamos allí. Es curioso, pero siempre ha habido dos niños en esa casa: primero mi madre y la tía Nina, luego mi hermano y yo, luego las hijas de mi prima, y hace unos años dos mellizas de una de estas. Las ventanas del dormitorio principal y la cocina daban al patio de un colegio, en el que estudió mi madre y al que nunca quiso llevarnos. Dice que sus peores recuerdos son de ese lugar maldito, un lugar por cuyas ventanas podía ver las de su casa, pero del que no podía salir. En realidad era una especie de internado, como los abuelos trabajaban de sol a sol la dejaban cinco días interna y la recogían los fines de semana.

En la parte trasera del edificio había un jardín en el que solíamos hacer trastadas. La nieta de los vecinos del tercero se subió la falda y nos enseñó aquella cosa el día del funeral de su abuelo, como una pezuña de cría de cerdo. Stas, al que le robé el nombre para ponérselo al muñeco articulado, solía pelearse a puñetazos con quien estuviera dispuesto a hacerle frente. Hacíamos cabañas en los árboles desde las que meábamos a los paseantes, también perforábamos la corteza de los abedules y nos turnábamos para relamer el orificio por el que goteaba una savia líquida y azucarada mezclada con la saliva del que había chupado antes. A veces venían los chicos mayores y nos acojonábamos y yo salía corriendo a refugiarme entre las viejas que estaban en los bancos delante de los portales. Aunque hubo un día en el que decidí quedarme.

El color era muy parecido a la del baño del McDonald's, debía tener unos quince o dieciséis años y se llamaba Yura. Se la meneaba un poco después de mear, para que se le pusiera gorda y miraba de reojo nuestras caras de pasmo. Era el pollón del barrio, decía.

Los vecinos del primer piso de mi bloque eran un matrimonio joven con dos niños. El padre era alcohólico y ella había fracasado en su carrera como pianista por la mala vida que le daba. Los niños pasaban hambre, merodeaban buscando por las papeleras y los parques cualquier cosa que pudieran llevarse a la boca. Mi padre los vio un día rebuscar en la basura y aprovechó para hacerle una oferta a la madre por el antiguo piano de pared que tenían en el comedor. La mujer aceptó a regañadientes y lloró abrazada a sus hijos mientras cuatro amigos de mi padre lo subían por las escaleras al quinto. Era el único juguete que tenían aquellos niños. Imagino que el precio del piano le duró muy poco al padre y los niños volvieron a buitrear por las calles con el hambre pintada tras las pálidas pupilas.

A finales del verano bajé al jardín que había detrás del colegio con unas empanadas de guindas que mi abuela me había ordenado repartir entre mis amigos. Estaba Yura. Se comió dos o tres del tirón mientras el resto miraba y me dijo que si podía bajar más. Asentí. Cuando volví con unas empanadas más, que chorreaban un almíbar rojo quemándome los dedos, encontré al mayor de los hijos de la pianista arrodillado en el suelo a pocos centímetros de la flacidez obesa de Yura. «¿Te la quieres comer?» le escupió señalando mis manos.

No sé por qué me quedé mirando, como clavado en el suelo, sin hacer nada. El hambre ajena, que paraliza.

11

Cortar colchones

Cuando nos admitieron en el colegio de las monjas, Sole casi se cae por la ventana. Le parecía indignante que sor Gertrudis mezclara a sus nietos con unos comunistas protestantes bautizados por el rito ortodoxo, aquello iba contra Dios y la decencia, «y contra el Caudillo», exclamó, y mi madre nos explicó luego que era el Stalin español y se llamaba Franco. No sé cómo convencería mi madre a las monjas, les habló de su relación con el Altísimo y de lo inteligentes que éramos y que nos sabíamos todas las frutas y las verduras y el nombre del menaje de cocina y que tenía una Biblia firmada por Juan Pablo II, obsequio de un amigo abogado suyo muy devoto. Aquello pareció convencerlas.

Sor Gertrudis tenía cara de lechuza y bigote, como todas las personas buenas. Era la madre superiora. Nos sentaron en el mismo pupitre y nos pusieron a una rubia despampanante para que nos diera «apoyo», fuera eso lo que fuese.

Éramos buenos en dibujo y en música y jugando a las canicas. Sor Elena, nuestra tutora, se dio cuenta de que explicarle el análisis morfosintáctico a nuestra madre era una tarea aún más ardua que la de explicárnoslo a nosotros, así que hizo la vista gorda. Mi desprecio al ejercicio encontró escapatoria, con fingidos dolores de barriga, en la capilla, a la que las religiosas no me podían negar el acceso. Allí ojeaba tebeos indescifrables y le rezaba a la Virgen, que tenía cara de niño mariquita. A mi hermano le gustaba Angélica y Laura y Nerea y Sandra; a mí no me gustaba nadie, bueno, me gustaba un poco Raúl, el futbolista, y Michael Laudrup y Ricky Martin con su melena rizada en el Festival de la Viña y Chayanne en la carátula de *Provócame*, pero en clase nada, todos eran un espanto, el chico más guapo del colegio era la Virgen.

Para que nos dieran la residencia, mi madre le pidió a don Fernando permiso para que nos empadronáramos en la casa contigua, donde seguíamos viviendo tras la marcha de mi padre. Don Fernando, en un arrebato de neurosis avariciosa propia de los nonagenarios, no solo se negó a que nos empadronáramos, sino que ordenó que mi madre se volviera a instalar con nosotros en la casa grande, en su antiguo cuarto. Cabríamos los tres de sobra en el viejo camastro de matrimonio. Así, mi madre podría despertarlo a las cuatro de la mañana para que se tomara las pastillas y servirle el desayuno a las siete y media y atender a Kiko. Sin contar con las ocasionales irrupciones de tinte accidental en el cuarto de baño mientras mi madre se duchaba y las discretas palmadas de paternal cariño en el trasero mientras servía la comida. Lo de don Fernando no era normal, llevaba cinco años sin ducharse por miedo a partirse la nuca en la bañera, pero aún le bullían los bajos. Mi madre reaccionó mal a aquel cautiverio, se quejó a Manolo y este le dijo que buscara un piso confortable para que nos mudáramos. «Se acabó limpiar culos y aguantar a viejos verdes», le dijo, sin que esta entendiera lo último. Mi madre se negó, claro, tardaría algunos meses en aceptar la oferta de Manolo. Durante el período entre el inicio del curso y las Navidades los tres dormimos en una cama vieja que a mi madre le recordaba a las verjas de los cementerios eslavos. La particularidad de aquel camastro residía en la ausencia de colchón. Tamara, la amiga ucraniana, salió al rescate. Aquella noche mutilamos entre los cuatro tres viejos colchones a tijeretazos. Tamara y mi madre se las ingeniaron para hacer un complejo tetris que cubriese la totalidad de la superficie, luego le pusieron dos bajeras, por encima y por abajo, y las zurcieron uniendo los bordes. Tiramos algunas mantas para que aquel invento no se descuajaringase. Otra cosa no, pero la cama grande era, como dos metros por uno ochenta, apenas se abrían las puertas del armario. Pese a todo, éramos felices. La ausencia del Hijoputa ayudaba, aunque lo que más ayudaba era el sentido del humor de Tamara, su acento ucraniano que me recordaba a la abuela y los asaltos a la cocina de don Fernando en los que se ponía a hablar de hombres, a fumar cigarrillos baratos y a hacer creps.

12

Del mismo demonio

Menos mal que esto no es una novela, si la viera mi agente María Pálmer me cosía la cara a leches. La verdad es que la Pálmer es mi relación más duradera, sin contar a la Petricor, claro, que esa no cuenta. A saber la de años que lleva aguantándome las gilipolleces y leyendo mis majaderías. Se los ha comido a todos, digo a los míos, a los peorcitos: al Jorge, a Néstor, al argentino que se llevó la plata y el cuadro de Jesús, a Gerva y sus movidas, en fin, que paso de enumerar a todos los cabrones que han desfilado por esta casa. Ahora solo me queda la Pálmer, porque Jesús ha volado. Eso me pasa por desquiciada y por puta, ahora te quedas tú solito en tu reino sin que te moleste nadie ni te apeste a aguarrás ni te toquen los cojones con los litros diarios. La presencia del puto niño me alivia un poco, no hace mucho, no habla mucho, no come mucho ni duerme mucho, pero sé que está aquí y me acompaña, si me da una pájara o un marichalazo repentino sé que va a estar para llamar a la ambulancia o a la funeraria o a lo que haga falta. La Petricor se ofreció a «velarme», ni que estuviese yo fiambre... No, no, aquí cada una en su mansión y el Chaturbate en la de todas. Que se deje de mariconismos, que luego se pone a hacer guisos de choco y a freír pulpo y a hacer mejillones *animal print* y me deja los brocados apestando que esto parece Sevilla en su fiesta grande. «Así estás como estás, David, guapo, por todos los que te has comido», me suelo repetir con la voz de la Petricor.

El viejazo es una cosa que decía Antonio; al parecer, el primer síntoma del viejazo es la avaricia, el viejazo no es como el marichalazo que te cogió y ahí que te jodiste, no, el viejazo va por dentro, y cuando sale es como la Soledad por la plaza de San Lorenzo, ya no hay vuelta atrás, te la tienes que comer porque la gente aprieta. Un poco como le pasó a don Fernando con las propiedades cuando se pensó que al empadronarse mi madre le quería robar el piso, como si fuese un llavero o un teléfono móvil. A Manolo también le dio al final, que parecía que se lo quería meter todo en una sola noche. Aunque en mi caso es un poco pronto para el viejazo, que apenas tiene una cuarenta primaveras. Pero el que me conoce sabe que siempre me he sentido un viejo, de hecho, Manolo me llamaba el Viejo, porque era una cantera de conocimientos. Por ejemplo, sabía dónde guardaba mi madre los condones que no usaba con él, y que la recepcionista estaba liada con el del bar, y estaba puestísimo en todo sobre la Preysler y luego sobre la Esteban y luego la Pantoja y todo el tema de *Tómbola* y los enredos de las telenovelas. También sabía adivinar la palabra exacta que a Manolo no le salía y echaba de menos cosas que aún no había experimentado. Él me dijo que a eso los portugueses lo llaman *saudade,* y aquella palabra a mis doce o trece años me pareció como una sentencia. La Daira, que era el nombre artístico del cubano, me propuso actuar con ellas en el Sagitario, Tatiana Soudade me dijo que me iba a llamar, no estaba grillada la cubana ni ná, eso es por todo lo que se metía... Pero qué pollón, amiga, qué cosa más divina, como un cachalote recién nacido era aquello. Le sobraba de rabo todo lo que le faltaba de cerebro, a saber lo que habrá sido de él.

Menos mal que María Pálmer no va a leer esto porque la estoy cagando como si fuese una novata con dos poemarios en el mercado. Ni sueños, ni recetas de cocina, ni cáncer, ni traducciones literales de construcciones fraseológicas, esa es la norma, aunque me sé yo de una que se llama como la afanada y turbada del Evangelio, que va la tía de traductora y se mete unos patinazos que ni Yeltsin en sus mejores días. Pues la Tamara decía: «El marido y la mujer son el mismo demonio», en ruso suena mejor porque rima, pero tampoco nos pongamos exquisitos, que en ruso no se puede decir «no tengo'l coño pa' farolillos» ni «vísteme despacio que tengo prisa» ni «a otra cosa, mariposa» que, por cierto, fue la primera expresión que me aprendí. Se lo dijo una nuera de don Fernando a mi madre tras soltarle en la cara que tenía «muy mala leche»; Manolo luego le tuvo que explicar a mi madre lo que era eso de la mala leche. Como dice la Pálmer «hay que huir del localismo que luego no se coloca una traducción».

La Tamara era de los Cárpatos y hablaba un ucraniano indescifrable, peor que el euskera era eso. Tenía agallas. Bueno, agallas y un hijo de veinte años y un salario miserable y un marido que era peor que el Hijoputa y todas las noches le daba estopa el muy desgraciado. Tamara trabajaba en casa de una familia bien, en casa de un director de cine retirado. Las cosas que nos contaba no eran normales. Decía que había visto a las hijas tirar anillos y cadenas de oro a la basura porque estaban anticuadas, donaban a la Cruz Roja vestidos que habían lucido en recepciones reales, se negaban a tirar de la cadena y a usar la escobilla (para eso pagaban a Tamara, obvio) y tenían unos historiales amorosos de lo más turbios. No eran tan famosas como para no podérselo permitir, reían.

Del primer viaje que hizo mi madre a Tenerife trajo un kilo de mangos en la maleta. Es la fruta preferida de mi madre, la probó cuando cumplió los veinticinco años en las islas Andamán, durante su primer viaje a la India. Habría mucho que contar sobre aquel viaje si mi madre no fuese tan soviética. Las cosas de la India se quedan en la India, como si fuese el Boyberry, no te jode, no hay modo con la señora. Total, que del kilo de mangos, dos piezas fueron a parar al bolso de Tamara durante su habitual visita de los miércoles. El hijo trabajaba de camarero en un bar próximo a los bulevares y la vino a buscar. Se llamaba Misha y no veas cómo estaba. Tamara nos contó que se comieron los mangos al día siguiente en el cercanías. Lo contó después de cortar los colchones, mi madre se quedó pasmada. Dijo que había obligado al hijo a madrugar y a acompañarla hasta Madrid para luego cambiarse de tren y volver de nuevo a Azuqueca. Se los comieron con las manos, partiéndolos con los dedos, con la barbilla adelantada sobre las rodillas abiertas, formando un charco de gotitas pegajosas sobre la lija gris del suelo. Le daba igual que la gente los mirara, lo que ella no estaba dispuesta a hacer era compartir los mangos con su demonio.

13

Age-age

Kiko llegó a cumplir sesenta y cinco años poco antes de Navidad. Estaba claro que la leche de cabra y las oraciones a la Macarena habían surtido efecto. Pese a su resistencia, Kiko necesitaba a alguien que estuviese pendiente de él las veinticuatro horas, aunque caminaba por la casa sin ayuda, para todo lo demás dependía de mi madre.

Sor Elena decía que en estos casos los padres o bien se desviven o se despreocupan. Don Fernando se desvivía por su hijo y su mayor temor era pensar en el futuro de Kiko tras su muerte. No quería oír hablar de centros ni enfermeras ni tratamientos especiales ni ejercicio físico ni dietas controladas. Dónde iba a estar mejor Kiko que en su propia casa. Don Fernando se aferraba a la vida porque sabía que tras su muerte ninguno de los hermanos se iba a hacer cargo del enfermo. Alguna noche lo vi hablar con mi madre, daba puñetazos a la mesa camilla y lloraba, «antes hago una locura que llevarlo a una de esas cárceles», decía. Kiko era como un gato, a veces se levantaba y merodeaba por la casa chocando contra los marcos de las puertas y haciendo ruidos guturales. Tenía cabeza de mulo y el pelo cano, los ojos hundidos, un extraño parecido con los Panero. Acariciaba los zócalos de madera y miraba al techo señalando con los dedos cosas que solo él veía y a veces se reía sin venir a cuento, una risa totalmente sincera, primitiva, una risa grotesca que daba miedo. Kiko tenía un único vicio: masticar papel.

La casa de don Fernando era la única de la calle que se seguía caldeando con leña. La cocina podría ser de los años cuarenta o incluso anterior a la Guerra Civil. Había una estufa en la que se echaba la madera todas las mañanas y sobre la que se preparaba café con el primer fuego. Mi hermano y yo experimentábamos echando cosas dentro para ver si ardían o no, hasta que un día provocamos una pequeña explosión echando un chorreón de aceite de oliva y dejamos el vicio.

Con los años, don Fernando dio el brazo a torcer y aceptó que le instalaran una placa de gas y le pusieran un microondas y una batidora de brazo. La calefacción también dependía de aquella estufa de la cocina que tenía unos orificios para guisar y algunos compartimentos laterales para hornear, tenía encanto, me recordaba al pueblo. La cocina daba a un patio interior que treinta años atrás había sido el cobertizo de los cerdos y ahora era el patio de recreo de cuatro o cinco gatos callejeros. Alrededor de ese patio había varios cuartos, uno de ellos se usaba como alacena, por la baja temperatura que tenía, con la particularidad de estar completamente forrado de estampitas de vírgenes y recubierto de velas de plástico rojo de los chinos y figuritas baratas de santos. Mi madre pidió permiso para poner sus iconos ortodoxos —ella que era protestante y desaprobaba todo acto idólatra— y tres veces al día iba a la alacena y rezaba rodeada de ídolos católicos y las frutas y verduras que llenaban cajas y cajones dispuestos al azar. La estancia contigua era una especie de trastero con una claraboya donde se podía encontrar todo tipo de cosas, incluyendo ratas. Lo curioso de aquel lugar, que era como el triple que la capilla-alacena, es que tenía una bañera que habían convertido en fuente gracias a un ingenioso circuito que el hijo mayor había ideado en sus años de carrera. El agua procedía, según don Fernando, de un viejo pozo que había quedado sellado al añadir aquella parte de la vivienda. Algo de verdad debía de haber en aquella historia porque el agua salía helada a lo largo de todo el año. En verano se metía fruta de la capilla dentro de la bañera y a veces nos sentábamos en las sillas de plástico en torno a ella los días más calurosos y el viejo le echaba agua en la cara a Kiko y Kiko chillaba de felicidad y agitaba los brazos que le colgaban a ambos lados de la silla como si estuviese remando.

El día de Navidad, la casa amaneció con el olor habitual a leña y el tufo a ajos quemados de Tere. Nos pusieron turrón y chocolate para desayunar, aquello se hacía bola y no parábamos de pedir agua. La casa era un hervidero de gente. Yo esperaba que viniera el hijo de Tere, Víctor, porque se ponía a jugar con nosotros y a levantarnos para que tocáramos el techo. Víctor tenía unos brazos como dos estufas de esas y unos ojos almendrados enormes y negros. Lo conocimos durante la fiesta del pueblo, en la cabalgata de disfraces, iba de bombero. Aunque de un bombero algo acalorado porque llevaba por uniforme una camiseta sin mangas y un pantalón corto apretadísimo de color rojo, con una manta en bandolera y el casco. Me impresionaron sus piernas y su simpatía inusual. En la casa de Tenerife debe de haber alguna foto de ese día. En resumen, que donde estaba Víctor, ahí estaba yo. A mi hermano, por el contrario, le gustaba Ana, la hija de Tere, que era profesora en una universidad muy importante y tenía los ojos como Liz Taylor, los había heredado del abuelo, parecían violetas de lo azules que eran. Ana tenía un novio al que le sacaba dos cabezas, siempre estaban riéndose y metiéndose mano. Ana llevaba diez años intentando dejar de fumar, cada cigarrillo era el último. Su novio era el encargado de la vinagreta navideña. Recuerdo que aquello me sorprendió, porque para mí la vinagreta era una ensalada, luego me enteré de que en la Edad Media había sido también una sopa. Cuando oí que Tere le decía al yerno que preparase la vinagreta le pregunté si le podía ayudar, no salía de mi asombro viendo cómo mezclaba aceite, vinagre y algunas hierbas. «Menuda mierda de vinagreta», me dije. La mía llevaba remolacha, patatas, zanahoria y guisantes cocidos, e iba aliñada con aceite de girasol sin refinar y adornada con perejil y huevo duro. Qué chasco.

El vicio de Kiko no entendía de calidades ni grosores, le valía cualquier tipo de papel, aunque prefería el cartón de las cajas de leche y las revistas de salseo, según el día. La técnica era sencilla pero sorprendente. El papel se depositaba a medio metro de sus pies, delante del sofá, en el suelo, entonces, con una periodicidad de dos o tres minutos, Kiko se levantaba, arrancaba con fuerza un trozo, gemía algo, y se volvía a sentar. Una vez sentado, se llevaba el papel a la boca y lo rechupeteaba, y poco antes de que el papel comenzara a disolverse, lo arrojaba al suelo. La saliva de Kiko no era algo común, lo más parecido era el Super Glue, se adhería a las baldosas del suelo y mi madre tenía que arrodillarse con el rascavidrios para poder despegar aquel emplasto. Lo más común era que lo tirase al suelo, pero había días en los que se ponía creativo y lanzaba los papeles embabados en otras direcciones; de hecho, si te fijabas bien, toda la casa estaba llena de pegotes y recortes de papel sobre el viejo papel pintado gracias a los cuales la vivienda mantenía un constante olor agrio difícil de definir. El lugar donde se almacenaban los papeles era uno de los compartimentos aledaños a la estufa, Kiko ya sabía donde tenía que buscar si se quedaba sin suministro. En medio de todo aquel guirigay navideño, con diez personas en la cocina, que era de unas dimensiones considerables, Kiko se introdujo sin ser notado y tiró del asa metálica del hornillo con el fin de satisfacer su mono de cartón. El alarido se oyó en todo el barrio. Tere había metido en el lugar de los papeles los langostinos al ajillo aprovechando el calor de la estufa para que no se enfriaran. Kiko gritaba «Age-age-age-age». Fue la primera vez que se le oyó decir algo parecido a una palabra. El viejo se levantó y le metió la mano debajo del grifo y le dijo que era un imbécil, que claro que ardía, que qué se pensaba él. Ya no tienes edad para estos vicios, hijo.

14

La tía Nina

La tía Nina era la responsable de bajar la basura. Entre sus obligaciones destacaban las de echarse desodorante y no hacer ruido. La tía Nina era costurera y nos leía cuentos. Leía como un niño pequeño, cosía como una máquina. Dormía en el sofá.

Las advertencias del doctor se hicieron ciertas cuando los abuelos se dieron cuenta de que la niña no hablaba. A los dos años solo era capaz de emitir algún sonido agudo y a los tres logró decir «no» ante el *flash* de una cámara fotográfica de un vecino. La llevaron al logopeda y poco a poco consiguió hablar. Esperaron un año más antes de llevarla al colegio en el que los niños le hicieron la vida imposible. Ante cualquier conflicto Nina se echaba a dormir. Le daba igual si los niños de la clase la insultaban, le tiraban del pelo o se limpiaban los mocos con su vestido, la reacción de Nina era dormir. Nunca se quejó, ni siquiera llegó a entender que la maltrataban, sonreía, y si veía que no querían hablar con ella, la insultaban o se reían, se daba la vuelta e iba a un recodo del patio y jugaba con su muñeca.

Su vida era la soledad y la prohibición. Se refugiaba en nuestros libros infantiles y en unos auriculares que conectaba a un radiocasete, la música era su guarida. Cuando se quedaba sola no encendía la luz porque decía que gastaba mucho y que ella no necesitaba ver nada de aquella casa, se la sabía de memoria. De adolescente le gustaba ir al mercado y hablar con cualquiera que la quisiera escuchar. Lo contaba todo. Contaba las discusiones entre sus padres, lo que había comido, repetía los cotilleos que aireaban las viejas en el portal y resumía sus lecturas a los desconocidos. Aquello llegó a oídos de la abuela y le valió más de una paliza. El abuelo Gregori interponía su cuerpo a modo de escudo. Con los años, la abuela aflojó la mano, y cuando estaba de humor sacaba la botella de aguardiente y le decía a Nina que pusiera música y acababan bailando y pidiéndose perdón y llorando por el abuelo.

Nuestro abuelo paterno se llamaba Iván, como el puto niño, y era director general del Cinematógrafo Regional, de modo que en casa las entradas al cine jamás se pagaron. Poco después de nuestro nacimiento, mi madre se metía a un cine que estaba a doscientos metros y se pasaba la mañana durmiendo, era la única forma de descansar. La abuela Galina aún trabajaba en el matadero así que estábamos a cargo de la tía Nina y de la otra, la madre de mi padre. Aquella señora se caracterizaba por sus ritmos pausados, sus ínfulas elitistas y sus decisiones pragmáticas. Ante la curiosidad que nos producían los cajones cerrados, optó por atar los tiradores entre sí con una cuerda, y cuando comprobó atónita que éramos capaces de deshacer los nudos, decidió atarnos a nosotros por un tobillo a las patas del sofá. Leía el periódico y tomaba café. Un día, la abuela Galina llegó antes de lo previsto y tuvieron que evacuar a la otra del edificio a riesgo de que le partiera la cabeza con un rodillo de amasar. Nina nunca dijo nada, ni siquiera cuando mi madre le preguntó por las marcas rojas que teníamos en los tobillos. La otra debía darle miedo o la habría amenazado con cualquier cosa, una arpía. Desde pequeño, mi hermano le cogió un especial cariño a la tía Nina, iban a todas partes juntos. Nina le enseñó a jugar a las damas y le compraba globos y le daba caramelos a escondidas. Nunca me produjo celos su relación, y eso que era propenso, aún lo soy, Nina era como una hermana, de ella aprendí los impulsos irrefrenables del amor ciego y la generosidad por encima de las propias posibilidades. Nina era, aún lo sigue siendo, la persona más pobre que he conocido. En casa se le mostraba afecto como el que da limosna, por miedo a convertirse en algo peor que ella de no hacerlo. Para la abuela, Nina era la cruz y el castigo divino por todas las juergas y todos los hombres de su juventud. El colmo del ratiocentrismo.

Supongo que escogió el cepillo de carey por ser el más duro. Los gritos eran tales que se oían desde la calle. «Ya está la del quinto», decían las vecinas congregadas en torno a los bancos del portal, sacudiendo a esa pobre. «Es verdad que tiene la lengua muy larga, pero tampoco es para tanto, a Gala le pueden los nervios», comentaban.

La trajo la pianista del primero. La pianista tenía el cuerpo rígido y los labios apretados, lo que la abuela entendió como el presagio de algo terrible. Nina no era capaz de levantar ni los hombros ni la mirada, estaba algo despeinada, y su vestido, girado por la cintura, fue motivo suficiente para que la abuela la metiese de un tirón puertas adentro con la cara encendida. La pianista se quedó de piedra al ver el viejo pianoforte en el salón, acarició una abolladura que tenía en la esquina superior, cubierta por algún tipo de resina negra que le daba una textura rugosa, y aceptó, haciendo un esfuerzo por salir del letargo, el asiento y la copa que le ofrecía mi abuela. Fue concisa y gráfica, puntualizó que, gracias a Dios, no había nadie. «Contra el abedul grande que hay tras la escuela», dijo, y no supo dar más pistas de quién era el individuo, «joven y de nalgas firmes», dijo, antes de apurar el aguardiente, despedirse con un roce de su instrumento malvendido y salir sin decir palabra. Nina aguantó en silencio la tunda de cepillazos y se durmió con el cuerpo amoratado y las manos metidas entre las piernas. Nina no tenía derecho al placer, ni al vicio, ni a la lujuria, y muchísimo menos al amor. Las mercancías defectuosas no son dignas de sentimientos tan sofisticados, no pueden ni deben sentir, de eso debe encargarse cualquier madre decente en posesión de una mercancía defectuosa. Además, el placer quema, escalda las manos e hincha las entrañas, aunque el vicio sea chupar papel o golpearse la cabeza. Si se quedaba preñada, la estrangularía con sus propias manos, sentenció con el último golpe. Nina roncaba y mecía con suavidad el vientre, ya no sentía dolor, solo la rugosidad del abedul en la espalda, solo los ojos negros de aquel chico escarbando en los suyos. La única vez.

15

La casa nueva

Era un dúplex situado entre el parque y la ermita, al final de los bulevares. Mi madre se despidió sin dar muchos motivos, exageró su estado de agotamiento y disertó sobre el tiempo para pensar y descansar y dedicárselo a sus hijos. Tamara no cabía en sí de alegría, una alegría salpicada de cierta tristeza que afloraba tras cerrar la puerta de sus treinta metros cuadrados y encontrarse al demonio roncando borracho en el sofá. El dúplex tenía tres dormitorios y un baño arriba; abajo, un aseo, el salón, el comedor y una amplia cocina independiente. Mi madre impuso las manos sobre la vitrocerámica como Cristo sobre los leprosos y suspiró aliviada de no tener que encender más fuegos ni ir a por leña al cobertizo en invierno ni tiritar agarrándose a la cafetera mientras comenzaba a hervir. Fuimos a comprar sábanas y comida, y Tamara se plantó con unos dulces acompañada de una amiga que se llamaba Agnija, que se pronunciaba *Ag'ña*, y que era de Letonia pero hablaba bien el ruso. Agña había sido cardióloga, y ahora cuidaba a dos hermanos que eran incapaces de dar las gracias ni de —ese era el peor de los problemas— controlar sus esfínteres a la friolera de los ocho años. Mi madre y Tamara no consiguieron ahogar las carcajadas al enunciar Agña en un castellano macarrónico lo que les decía a aquellos dos chavales mientras blandía ante sus narices los pañales cargaditos de mierda amenazando con estampárselos en la cara. El día que nos mudamos a la casa nueva, subvencionada por la generosidad de Manolo, quedó consolidado el trío soviético de Azuqueca de Henares. Menudas tres.

Mi hermano y yo pensábamos que nuestra casa era grande hasta que algunos compañeros del colegio nos invitaron a las suyas. Bertín era un chaval con cara de abubilla y un ramalazo similar al mío con el que crucé unas palabras en la capilla del colegio. «Y tú qué le pides a la Virgen», le pregunté. «Pues yo un novio», me dijo en un susurro, un novio o que me haga como los demás niños y me quite esta cara, o al menos las gafas, o al menos esas ganas de... Hasta entonces yo no había contemplado la posibilidad de tener novio, pero me dije que claro que sí, si Gerardo, el matón de la clase, podía tener tres novias, y sor Elena decía que era novia de Cristo, y mamá estando casada con el Hijoputa tenía a Manolo de novio, por qué cojones no podíamos Bertín y yo tener uno. Me arrepentí al momento de asentir con un gesto muy serio, a ver si el Bertín se iba a pensar que yo quería ser su novio, así que le dije que yo quería ser cura, bueno, corregí, cura no, monje, porque me gusta más el hábito de monje que la sotana negra o el traje con alzacuellos del padre Leónidas. Bertín me miró como una compañera de camerino mira a su amiga *drag* cuando no le sube la cremallera, y volvió a mirar a la Virgen que tenía cara de muchacho, y suspiró, y se quitó las gafas para limpiarse los cristales y volvió a suspirar.

Al día siguiente, quedamos en su casa para merendar. La madre nos dijo que podíamos hacer lo que quisiéramos, pero en el garaje. Aquello me dio miedo. Bertín me enseñó un frigorífico repleto de refrescos que tenían al fondo del garaje, el congelador estaba lleno de pan congelado, pan viejo lo llamó. Sacó un trozo y me lo ofreció, «está muy bueno el pan congelado», me dijo, y yo pensé, mientras lo rechazaba, en las heladas del último invierno y los tomates como piedras en el alféizar y en la abuela desenchufando puntualmente el frigorífico cada uno de noviembre, porque total pa qué. Al día siguiente, me sentí en la obligación de corresponder a Bertín con otra merienda. Tras comentar la incomodidad de tener que usar el ascensor, puntualizó que no entendía cómo podíamos vivir sin garaje y que aquella casa era muy pequeña, solo tenía dos pisos. Mordisqueó el Toblerone y apuró la Coca-Cola y se fue con cara de disgusto. Al día siguiente, una niña muy bollera que se llamaba Ada y a la que todo el mundo tenía miedo, porque se peleaba jugando al fútbol, me dijo que lo sentía mucho. Sentía que tuviéramos que vivir en una casa sin garaje, pero así eran las cosas y así era la vida de los emigrantes, «o eso dice mi padre», añadió. Jamás me quedó claro aquel galimatías de los pijos del colegio de las monjas con los garajes, vale que no tengas piscina o tengas solo dos dormitorios y tengas que compartir uno con cinco hermanos, eso es comprensible. Pero no tener garaje… ¿tan importante es? Mi hermano se hizo amigo de Ada, y se pasaban las tardes jugando al fútbol. Bertín y yo comíamos pipas sentados en un banco y hablábamos de famosos guapos y de a quién nos gustaría parecernos, creo que por aquellas yo aún no tenía muy claro ni el significado ni el uso del verbo «parecer» y le dije que yo quería parecerme *con* Chayanne y con Ricky Martin.

16

El Meliá

Por la proximidad a los juzgados de plaza Castilla y al parecer por el mejor servicio de tintorería de toda Madrid, Manolo había asentado campamento permanente a lo largo de un año en el Meliá, al poco de inaugurarse.

Unos asuntos que se pusieron complicados en Holanda lo llevaron a instalarse de nuevo en España. En 1989 se estrenaba la serie que se convertiría en su favorita: *Juncal.* El que la ha visto sabrá que la vida de un mendigo con clase y amplio historial en chulerías de burdel es tan inabarcable como incierta, distinguir las partes literarias de las reales es una invitación al fracaso. Salvo que Manolo toreaba en los juzgados, con los años he comprendido que las similitudes con el personaje de Armiñán eran todas.

«Me lo dijeron a tiempo, ten cuidao. / Mira que miente más que parpadea…», lástima que por aquellas Maite Martín aún no le había puesto música a esos versos de Rafael de

León y que mi madre no los escuchara. Lo mismo le pasó a Jesús, yo creo, pero en este caso es mi culpa, de lo que se come se cría, se dice, yo tengo que estar criando el previejazo, porque no veas cómo se me ha ido todo de las manos.

El tema de la infidelidad en casa viene de largo, como en todas las casas, supongo. No una infidelidad consensuada, acordada de antemano por una serie de insatisfacciones mutuas que acarrea el paso de los años y el desgaste de los cuerpos. Eso no es infidelidad, eso es civismo. Saber que cuando la entrepierna se apaga hay cosas que siguen combustionando es de gente refinada. Pero no, yo no hablo de eso, eso en casa era impensable. En casa lo que se ha dado mucho es la infidelidad por mis santos cojones, porque yo puedo y porque no te vas a enterar y si te enteras a ver si tienes narices de abrir la boca. La infidelidad como duelo, como duelo a pistoletazos, a lo Oneguin.

Cuando conocí a Jesús pensé que él me salvaría de eso, pero se ve que no. Uno es avaro no solo con lo que le pertenece, sino con lo que sabe que no le puede pertenecer y ansía. A medida que fuimos cumpliendo años, él se resignó, hizo de su vida una rutina apacible, sin sobresaltos, con algún capricho excéntrico, sí, pero Jesús siempre supo resignarse, yo no, eso no va con mi carácter. Yo comencé a volverme loco, a sentirme viejo antes de tiempo, a inventarme achaques y dolencias que no tenía, a crearme mis fantasmas, que no son otra cosa que la manifestación real y externa de un temor interno inexistente. Así que imité a todos mis predecesores, amparándome en el esnobismo decadentista de mis lecturas de juventud, dejé de lado a Jesús hasta que se nos hizo demasiado tarde. Levanté entre nosotros, que siempre habíamos sido más amigos que amantes —siendo buenos amantes, no lo niego— un muro insalvable que llamé intimidad.

Este extraño control que pretendemos tener sobre el tiempo al contarlo y comprarlo, dividirlo para luego volverlo a dividir, venderlo al mejor postor para después reclamarlo, regalarlo a los que en ese momento queremos para exigírselo de vuelta al menor disgusto, es lo que peores estragos ha causado en mi vida, en nuestra vida.

La primera infidelidad que recuerdo fue la del Hijoputa con mi profesora. Los pillamos un fin de año dándose el lote en la sala de fumadores del restaurante en el que él trabajaba. Recuerdo algo parecido al júbilo, una sensación turbia, o más bien una mezcla de sensaciones, como cuando uno tiene el poder de desgraciarle la vida a alguien. Me puse cachondo, pero de un modo que no era físico, supe que podía manipular aquella realidad hasta convertirla en lo que yo quisiera, esa sería mi venganza. Primero se lo conté a la abuela, que ya sospechaba algo, y vi en sus ojos la sombra de un sentimiento similar al mío. En esa ocasión, el Hijoputa había sido más hijoputa que nunca, pero se había cavado su propia tumba: nos lo podíamos quitar de encima.

La segunda vez que hablé del tema aproveché la presencia de Tamara y Agña, me puse más nervioso de lo que realmente estaba, fingí no poder hacerlo y añadí, como ahora hago, una importante dosis de fantasía. Las cosas cuando las contaba yo se volvían mejores, tanto las buenas como las malas, subían de estatus, se transfiguraban. Es como adobar una carne: «adobar» procede del francés antiguo y quiere decir «armar caballero», o sea, mejorar la posición social de la carne, enriquecerla, subirla de categoría. Eso hacía yo cuando contaba una historia, la adobaba con elementos externos que la enriquecían. Ya en Tenerife oí decir a Lola Flores aquello de que cuando ella decía una mentira la convertía en verdad, lo adopté como un lema y en la facultad Austin vino a corroborar eso mismo, pero de un modo más sofisticado, en *Cómo hacer cosas con las palabras*.

Aquel relato sobre la infidelidad entre el Hijoputa y la profesora se reprodujo en un acto gemelo una noche en el Meliá. Imagino que no era la primera vez que mi madre se acostaba con Manolo. Para mí supuso el principio del fin, del final en la península y de un lento y agónico final en la relación entre mis padres. Mi madre encontró en Manolo un amor respetuoso y distinto a todo lo conocido con anterioridad, un amor a su servicio, y no un amor en el que se comparten yugos y grilletes. Pero por qué será que siempre nos atrae el que menos nos conviene.

¿Quién no se ha colgado alguna vez de un hijoputa?

17

Cinco rublos = veintiún chelines

Los eslavos celebran el Viejo Año Nuevo, la Nochevieja según el antiguo calendario ortodoxo. La idea es interesante, ¿por qué demonios hay que elegir, por qué privarse? ¿Por qué no celebrar dos veces lo mismo? El Viejo Año Nuevo cae el 14 de enero, ese mismo día, después de un postre copioso, durante la sobremesa de la cena, mi abuela consideró inteligente, aprovechando la presencia de los consuegros, poner el asunto sobre la mesa.

Un desliz durante la ausencia de tu mujer era algo que todos podían encajar, sin embargo, acostarse con la tutora del colegio de tus hijos era una cuestión distinta. Escuchó a mi abuela apretando los puños sobre el mantel manchado de vino, luego se levantó, entró en nuestro dormitorio y me escupió con desprecio, casi en un susurro, «ya puedes ir metiéndote esa lengua por el ...». Esperé algún golpe de propina, pero se lo llevó la puerta. Afiné el oído para enterarme por dónde seguiría el tema en el salón, algo en mí predecía cambios. El Hijoputa explicó que en el parque cerca de las facultades las pueblerinas muertas de hambre que venían en busca de un futuro mejor hacían mamadas a cinco rublos, que él tenía las necesidades cubiertas y no necesitaba tontear con ninguna profesora. Aquella discusión acabó en una mudanza al día siguiente a casa de mis otros abuelos, que salieron en defensa del hijo, claro. El Hijoputa sabía que esa era la única forma de hacerle daño a mi abuela Gala, y al mismo tiempo alejarla de nosotros, del colegio al que nos llevaba todos los días y de la profesora que se estaba follando.

Durante los cuatro días que estuvimos esperando en la frontera austríaca pasamos los días jugando a las cartas. Mi padre no veía aquello con buenos ojos, por influjo de las creencias absurdas de mi madre, él también consideraba los juegos algo pecaminoso. Lo que les jodió siempre a los dos, cuando se querían y eran un matrimonio que se esmeraba en practicar la falsa comprensión mutua, era ver a los que tenían a su alrededor felices. Mi madre jamás aprobó las fiestas de la abuela, daba portazos y echaba a la gente de malos modos cuando se pasaban con la bebida y acababan cantando, todo lo alegre la irritaba. El bienestar estaba en los lugares lúgubres y miserables como los baños públicos, los autobuses de madrugada o las desiertas iglesias ortodoxas. La felicidad en la infelicidad es el mayor patrimonio que ha dejado el cristianismo tras dos mil años de muertes y resurrecciones, y mucho me temo que también el comunismo. Se sentían moralmente superiores a la abuela y a la tía cuando jugaban a las cartas y se reían. El temor a que la risa desbanque la verdad o la seriedad es algo que siempre me ha irritado. Yo he dicho las cosas más serias y más crueles y las más verdaderas con una sonrisa, o tras una sonrisa, según lo desagradable del momento. Mis progenitores eso no lo entendían, y mi padre se encargó de demostrarlo en aquel hotelucho en medio de ninguna parte.

No se podía estar peor de lo que estábamos, ni siquiera en un autobús de vuelta íbamos a estar peor, pero él insistía en joder la marrana con su careto de desaprobación. El resto de los falsos turistas se reían y gastaban el poco dinero que traían consigo en comida y alcohol. Una chavala morena que llevaba días intentando entablar conversación con mi padre propuso apostar en la próxima partida, a mí me entusiasmó la idea de ganar unos chelines para comprarme otra tableta de Milka, que era el mejor chocolate que había probado en mi vida. Me dejaron ganar varias partidas, en la última, la joven de pelo negro dijo que ya no tenía más monedas sueltas, que si quería jugábamos otra, y al día siguiente, si volvía a ganar, me daría el dinero. Me dejó ganar de nuevo. Sonreía a mi padre mientras este negaba con la cabeza, enfurruñado, la dulce sensación de la superioridad moral. Se hizo de noche y subimos a nuestras habitaciones, la joven estaba alojada al final de nuestro pasillo y me dijo que le recordara al día siguiente saldar nuestra deuda, «o la puedo saldar con tu ...», añadió, guiñándole un ojo. Obtuvo por respuesta un rápido arpegio al aire en el que mi padre hizo brillar su alianza. Aquel anillo poco tenía que ver ya con mi madre, a esas alturas, entonces no lo supe ver, a la que guardaba fidelidad no era a mi madre sino a la profesora.

Por la mañana, mientras un hombre de aspecto desaliñado relataba durante el desayuno sus planes de construirse una chabola en alguna playa de las Baleares, el viejo recepcionista se plantó con un desconocido en la terraza del porche que hacía las veces de cafetería. Se alejó con mi padre y le entregó un sobre grueso que contenía dinero y algunos papeles. El Hijoputa estranguló el sobre y supe que pensaba en mi madre. El desconocido era un amigo de un amigo de ese tal Manolo, el abogado de España.

Al día siguiente, cruzamos sin ninguna dificultad la frontera italiana. El melenudo y sus sueños baleares, la morena que quiso saldar la deuda haciéndole un favor a mi padre y el resto del grupo se quedaron en el hotel. Imagino que aprovecharían lo que les restaba de dinero para tomarse unos días de descanso y comprar algún detalle para sus familiares. Su viaje acababa allí.

18

La bruja de las lenguas

No fuma la cabrona, no fuma, dice la tía. Medio paquete de mentolados lleva, que es para la tos dice, que un mentoladito es lo mejor que hay para un catarro. Una pulmonía y un sopapo le daba yo, a ver si se le quita la gilipollez del fumeque. No estamos en edad para estas niñatadas ya. Eso, eso, tú enciéndete otro que va a saber el pollo al ajillo a After Eight.

A cada día que pasa, más hipocondríaca me encuentro, eso es el puto Jesús y su dictadura vegana, y su «ni se te ocurra meter el móvil en el dormitorio», como si fuese un amante o el tercer reactor de Chernóbil, o «el pan de molde es cancerígeno», te voy a decir yo lo que es cancerígeno. Todo esto es culpa del Jesús, yo antes era un maricón como otro cualquiera; hombre, es verdad que gracias a su plan de austeridad he adelgazado, pero a qué precio, amiga, ¡a eso no hay derecho! Yo antes comía y bebía lo que me daba la gana, y fumaba que la Petricor se queda en nada a mi lado. Después de los treinta y cinco hay que aplicar *el método* del que hablaba la Lola. Luego está el método de mamá, claro, que siempre ha comido lo que le ha salido de la hoz y el martillo y está que parece Madonna, y yo con todas estas privaciones y me sobra por todos lados.

Ya se ha puesto a cantar, lo de la Petricor no falla, a la tercera se arranca por Imperio Argentina, a la cuarta por la Jurado y así hasta que se acabe todo lo líquido que haya en la cocina y la tenga que echar a su puta casa mientras canta *S. O. S.* de Falete. Me tengo el cielo ganao, seguro, porque lo que es el infierno el que quiera conocerlo que visite mi cocina. La cabrona no puede ensuciar en su casa, no, que para eso bien recogidita la tiene, tiene que venir a joder aquí, lleva tres espumaderas manchadas, por Dios, yo ni siquiera sabía que tuviéramos tres espumaderas. Le diré a Jesús que se lleve alguna a la casa de arriba. Hombre, siempre puede bajar, claro, pero es mejor que cada uno tenga su espumadera. Ya que tenemos nuestros respectivos novios nuevos, nuestras bibliotecas separadas, nuestros cuadros y nuestra intimidad soñada, no veo por qué no tener cada uno su espumadera y su batidora y sus varillas y todo. Luego lo llamaré, claro, porque al cabrón siempre se le ha dado el arroz y la carne a la plancha mejor que a mí. Esto va a ser como en *Pokrovskie vorota,* o la casa de Frida, verás, tú verás.

—Pues eso me gustaría saber a mí, maricón. Tengo lagunas. Llegamos a alguna ciudad del norte de Italia, a Údine o a Bolzano, no sé con seguridad…

—Tú pon Venecia que siempre queda como elegantón, y puestos a tener lagunas...

—Sí, claro, de los Alpes austríacos a las mismas puertas de Santa María della Salute, ¿no?

—Maricón, la historia es tuya, puedes hacer lo que tú quieras, que para eso es autoficción de esa que se lleva ahora.

—Tú de eso sabes mucho, ¿no?, Petri. Sobre todo en el Grindr, que tienes más cuentas que el rosario de tu madre.

—Devuélveme el rosario de mi madre y quédate con todo lo demás…

—Ay, Señor, dame paciencia o un cuchillo porque la desuello viva como no se calle de una puta vez la tía esta.

—Bueno, sigue, sigue, que yo soy todo oídos. Me voy a fumar otro, con tu permiso, es mano de santo para despejar los alveolos, niña.

—Lo que recuerdo con más nitidez es a una señora de pelo castaño muy corto, muy delgada y con los ojos grandes, clavada a Sonsoles, que se nos acercó corriendo cuando llegamos al hotel. Yo no sé quién sería ni lo que hacía allí, pero parecía conocer a mi padre. Nos dio un montón de besos y achuchones y se le saltaban las lágrimas. Esa noche estuvimos en habitaciones separadas, mi hermano y yo en una y el Hijoputa en otra. La mujer llenó una de las camas con chocolatinas y con sándwiches y refrescos y luego nos trajo dos tazas de té. Era rusa, yo no sé si era una empleada del hotel que conocía a aquel amigo que había enviado el amigo de Manolo. Mi padre, claro, no quiso hablar del tema, ni dar explicaciones porque eso no era asunto de dos niños de nueve años. Nosotros no parábamos de preguntar que quién era aquel hombre y qué había en el sobre. En el sobre lo que había era un fajo de papeles y otro de billetes que mi padre cambió a dólares a la mañana siguiente.

»Después del desayuno nos montamos en un autobús muy grande con baño y no paramos hasta bien entrada la noche. Solo hicimos una pausa para comer, mi padre aprovechó para llamar a mi madre. Creo que pasamos la noche en Turín y al día siguiente nos dirigimos a Marsella. De Turín solo recuerdo un hotel con unas escaleras impresionantes de madera lacada, y una lámpara de araña muy brillante. Durante el desayuno nos reencontramos con el resto de los pasajeros que habían conseguido cruzar sin problemas la frontera de Austria. "Os habéis perdido la mejor parte del viaje", informó durante el desayuno una mujer acompañada de un niño rubio con cara de susto. Procedió a darle algunos consejos sobre equipaje e indumentaria a mi padre mientras yo hurgaba con un cuchillo de punta roma en la mermelada que mi padre había tenido la ocurrencia de poner en una huevera. "Eso es para los huevos, querido", dijo la mujer mirando a mi padre con una sonrisa de burla, el principal problema de los soviéticos es que se nos nota que no hemos salido. Ignoré los comentarios de la mujer y seguí poniendo mermelada sobre el pan tostado untado con un dedo de mantequilla, cuando acabé me pareció buena idea relamer el cuchillo. El niño de cara asustada abrió los ojos como si hubiese visto lo que yo vi en el McDonald's y me dijo que cómo se me ocurría hacer eso. Yo miré a mi hermano con cara de este niño está loco, aún con el cuchillo en la boca. El chaval se inclinó sobre la mesa y nos dijo que esa era la forma de invocar a la bruja… (y pronunció un nombre). Esa bruja era la peor de las brujas, cuando un niño lamía un cuchillo, la bruja se presentaba a la noche siguiente para cortarle la lengua y añadirla a su collar. Un collar enorme, explicó, que medía kilómetros y kilómetros formado por tiernas lenguas de niños, esos niños malos que se atrevían a lamer los cuchillos con restos de mermelada.

»Mi padre se hizo amigo de la excéntrica mujer y a nosotros no nos quedó más remedio que soportar las majaderías de aquel muchacho, todas sobre mutilaciones físicas relacionadas con el mal uso de los utensilios de mesa. Estaba el ogro de la servilleta que te metía agujas debajo de las uñas, un vampiro que te chupaba la juventud si sorbías del vaso, los zombis que te robaban los sueños y te inyectaban pesadillas si no comías pan, el fantasma de los guisantes que te llenaba las tripas de lombrices, y un sinfín de criaturas de lo más estrambóticas que poco tenían que envidiarle a mis cromos de *Viy*. Nos estuvo dando la turra con aquello las cuatro o cinco horas que separaban Marsella de Montpellier. Aquella mujer había creado todo un bestiario para que su hijo no se pareciera a nosotros. Y para desgracia nuestra, lo había conseguido».

19

La tercera

La tercera que vi fue la de Misha. Lo echaron del bar y consiguió un empleo de socorrista en una piscina municipal de Meco o Coslada, no recuerdo bien. Me dio por pensar que no era hijo del borracho de su padre, sino más bien un merengazo de Tamara con algún azerí o algún armenio cachas. Misha medía como uno noventa, era moreno de piel, tenía un pelo abundante y castaño, cosa rara en los eslavos, y una mandíbula perfecta, una nariz como de cuadro prerrafaelita y unos ojos verdes como los del marinero de Rafael de León. Pero lo que menos eslavo y más sorprendente tenía era aquello. Una cosa como de fantasía erótica de Ocaña, un carámbano de verde luna. Me despeloté rápido, sentado sobre el banco frente a los espejos y me enfundé el bañador en un visto y no visto. Estábamos solos en los vestuarios y él se puso de pie, se miró en el espejo, se tocó las cejas pobladas, hizo un amago de estallarse un grano en el pecho, con los vaqueros aún puestos y el bañador rojo dentro de uno de los lavabos. Me entretuve doblando la ropa para meterla en la mochila y hacer tiempo, envolví dos o tres veces las deportivas en la bolsa para que quedaran perfectamente cubiertas de celofán y no mancharan. El tío se alejó unos pasos del espejo, se volvió hacia mí y me preguntó «¿Cómo es que tu padre no te ha enseñado a nadar?», y sin darme tiempo a responder se bajó los vaqueros con los calzoncillos, unos baratos de algodón fino con un estampado geométrico oscuro. Se rascó algo que me pareció de dimensiones desproporcionadas y color sospechoso —debía de tener alguna enfermedad, me dije pensando en lo mío—, y me interrogó con los ojos esperando la respuesta. Bajé la mirada e intenté no ponerme rojo, pero ya era tarde, sentía el hormigueo que me subía del cuello hasta las orejas, y luego cómo estas comenzaban a arder. «No pasa nada, mi padre también es un malnacido, no hay de qué avergonzarse, yo te enseñaré». Se pisó los talones y se desprendió del vaquero, se enfundó el bañador rojo y una camiseta blanca con una inscripción. Se hizo un nudo y lo introdujo donde aquella cosa que volvió a rascar. No me la pude quitar de la cabeza durante días.

No aprendí a nadar ni aquel día ni ningún otro, era una tontería. Las ventajas de no saber nadar eran innumerables, por destacar alguna: Misha me cogía por el vientre y me desplazaba por la piscina cuando había pocos bañistas, y me decía que moviera los brazos y pataleara. O me ponía un churro debajo de las axilas y me daba las manos y se iba desplazando hacia atrás sin dejar de mirarme y de decir cosas. Tenía que tener poco más de veinte años. Parecía italiano por la sonrisa. Tenía las manos a juego con aquello, enormes, ásperas.

20

No hurgues entre mis bragas sucias

Agña no tardó en hacer las gestiones necesarias para traer a su hija y a su marido. Le pidió a Tamara que los acogiera en su casa, ya que ella vivía en un cuarto en la casa familiar de los niños con esfínter descontrolado. Llegaron al inicio del verano.

Las monjas hacían actividades en el polideportivo para los niños aburridos como nosotros que no se iban de vacaciones. Una mañana en la que íbamos con Bertín a jugar al voleibol nos las encontramos. Iban Agña, Tamara y una chica rubia con cara de chapata y cejas puntiagudas pintarrajeadas de negro. Cuando pararon para presentarnos y preguntar por mi madre, vi que a pocos metros detrás de ellas iba Misha zigzagueando sobre su bicicleta de segunda mano, la cara radiante de felicidad, como relamiéndose. La hija de Agña, Ruth, que había salido lógicamente al padre, ya que no había ni un atisbo de la belleza báltica de la madre en esa cara, debía ser más o menos de la edad de Misha, y este, con tal de aliviar esos picores suyos producidos por la extraña enfermedad, parecía conformarse con ella. Le declaré la guerra. La guerra consistía en joder a toda costa a la niñata esa. Cantante de ópera decía que era, tonterías, la verdad es que la chica no lo hacía mal, pero las veces que cantó en casa ya me preocupaba yo de reírme como un poseso, hasta contagiarle la risa a Misha y observar con deleite cómo se le sonrojaban las mejillas a la niñata y se le curvaban las cejas en un gesto de descomposición.

Se hicieron novios, como era de esperar. Y la joven se instaló en el dormitorio de Misha porque era mejor compartir cuarto con un desconocido que con su padre, porque roncaba, explicó Tamara entre risas. Mi madre desaprobó aquello, a ver si se va a quedar preñada, sentenció, con lo que ganáis, que no os da ni para un café en la plaza, lo que te faltaba es una nieta y encima con esa gente. A mi madre no le acababa de gustar Agña, y mucho menos su marido, que a los diez minutos de pisar aquella casa hizo buenas migas con el marido de Tamara, por compatibilidad de hábitos.

Odiaba a Ruth. La odiaba con un odio ciego del que solo los niños saben, un odio que, en combinación con otro sentimiento difícil y vergonzoso de explicar, se convertía en rabia y en ganas de dar patadas y tirar del pelo. La cara de Ruth tampoco ayudaba, era una cara que predisponía a la agresión o, al menos, al rechazo: era estirada pero insegura, una mezcla de *Retrato de una dama* de Petrus Christus y el *Carlos II* de Giordano ante el que, sea dicho, por estas cosas extrañas de la vida, Ruth se paró un buen rato en el Prado durante la visita que hicimos.

La visita consistió en una ojeada al Palacio Real, vagabundeos interminables por Callao-Sol-plaza Mayor, parada en un McDonald's, bajo amenaza tanto de mi hermano como mía de joderles la jornada si no nos llevaban, un revolcón sobre el césped ribeteado de tulipanes de plaza España y una prolongada espera, sin venir a qué, bajo el follaje del jardín de Atocha. Lo mejor fue lo de la plaza España, porque le toqué la pata al burro de Sancho y porque nos tumbamos en la hierba a mirar, estirando la cabeza hacia atrás, aquella mole del Edificio España que parecía caerse mientras mi hermano jugaba con la fea de la Ruth al pillapilla.

En un momento determinado me vino como un tufo a tulipanes, y un griterío de fondo mezclado con el calor de la tarde, y vi a Tamara y a mi madre posar como pelandruscas hollywoodienses con el Cervantes entronizado de fondo y, por esas otras cosas inexplicables de la vida, Misha me pasó un brazo por encima de los hombros y me atrajo hacia sí. Y yo me dejé, me dejé hundir en su camisa desabrochada y en el almizcle de su piel morena y aspiré, aspiré como para que se me quedara siempre grabado en la mente aquel aroma, aspiré como el que rebusca por los cajones en una casa ajena, aspiré ese olor barato a colonia, con toda seguridad comprada en los chinos. El olor de una extraña felicidad.

Al poco de la excursión a Madrid, Agña dejó de venir a casa. Durante las horas de calor y aburrimiento me metía en el aseo de la primera planta, que era la estancia más fresca, con las luces apagadas y la puerta entreabierta, y me dedicaba a escuchar las conversaciones de mi madre. Me valían las conversaciones telefónicas, que despertaban cierto ingenio a la hora de inferir preguntas atrasadas en base a las respuestas, pero las más interesantes eran las que mantenía con Tamara. Tamara estaba fuera de sí ese día, mi madre muda. Tamara se arrancó en ucraniano, porque cuando uno insulta, siempre insulta mejor en la lengua materna, o eso dicen. Al principio no entendí de qué iba la copla. Tamara dijo que llegó agotada del trabajo y se encontró con un zafarrancho tremendo en el salón, una nota del marido de Agña y del suyo en la que habían dejado las coordenadas de un nuevo bar en el que la cerveza estaba más barata. Tamara entró en su dormitorio y notó un olor extraño, descubrió sobre la cama de matrimonio a su hijo en pelotas y al lado a Agña, con la melena rubia hecha un nido de golondrinas y roncando como un camionero de Transcarpatia. La despertó a bofetones y le chilló que qué era aquello. Agña se defendió apelando a la edad del chico. Tamara amenazó con relatarle la escenita a la hija y al marido. «No hurgues entre mis bragas sucias si quieres que sigamos siendo amigas, te lo advierto», amenazó Agña, «además, ha sido por recomendación de Ruth, siempre lo hemos compartido todo. Deberías estar orgullosa de tu hijo».

PARTE II

Contra la crisis de llanto y la respiración agitada recetó: ejercicio, clima seco y ciertos aceites que le fortalecerían el hígado. Contra la poesía recetó: coscorrones y más aire libre. Contra la homosexualidad: dos años de paciencia hasta cumplir los trece, y luego, putas. Contra la muerte: no dar crédito a las amenazas de un niño, pero, por si acaso, y sólo durante un par de semanas, esconder los cuchillos...

El cielo de Lima, Juan Gómez Bárcena

La Graciosa tiene un cementerio con sólo dos tumbas, porque coincidieron la muerte y el galernazo y los pescadores no pudieron llevar sus muertos a enterrar […] Morir en La Graciosa es hacer mitología.

Cuaderno de godo, Ignacio Aldecoa

21

Albatros

Pese a las protestas de su yerno Ricardo, Olivia Berrycloth seguía llamando a su hija Mary. La familia del padre consiguió salirse con la suya y bautizaron a la niña por el rito católico, en una catedral a la que le faltaba una torre y bajo un sol que hacía hervir el agua bendita, con el nombre de María del Carmen Tobón y Curto Berrycloth. Olivia se sonreía cada vez que su hija tenía que repetir aquel versículo absurdo de su nombre. Tobón era de origen irlandés, que tras el paso por las colonias se había sincopado, siendo en un inicio «St. Auben» Lo que Olivia no conseguía entender era esa aleación innecesaria con ínfulas de grandeza con Curto, cuyo enlace le sonaba a fábrica de jabón o comercio de fertilizantes. Aun así, el primogénito de los Tobón y Curto, Matías, era el mejor partido de la ciudad, sobre todo porque apenas la pisaba debido a su elevadísimo cargo en la Marina y por los aún más elevados ingresos que esas ausencias le reportaban. Olivia Berrycloth aseguraba que el mar le había impedido tener más hijos, lo cual no quería decir que su marido hubiese corrido la misma suerte. Se imaginaba tropas enteras de Tobonycurtos bastardos desde Cabo Verde a La Habana. Por algún motivo siempre se los imaginaba negros o mulatos y capaces de poblar un archipiélago entero que aspirase a su independencia como Estado bajo el nombre Tobón y Curto, inscribiéndose en la tradición antillana de nombres geminados a lo Trinidad y Tobago, San Vicente y las Granadinas o San Cristóbal y Nieves. Sea como fuese, esos habitantes ficticios no amenazaban su patrimonio, dado que la única heredera era Mary y las escrituras de las incontables propiedades de Matías estaban a su nombre.

Olivia Berrycloth nació en Devon en 1888, y al poco de ser presentada en sociedad, según ella ante Alejandra de Dinamarca a los dos años de fallecer la reina Victoria, fue introducida a la fuerza, con la ayuda de tres lacayos y el párroco local, en algún tipo de transporte, impulsado aún por bestias, rumbo a Bristol donde, drogada con bebedizos de hierbas indias y aturdida por las súplicas maternas, accedió a emprender el viaje a un remoto lugar del sur de España en el que el padre había invertido en un prometedor negocio minero.

El almirante Matías Tobón y Curto falleció repentinamente a los cuarenta y ocho años, cuando su navío atracaba en aguas gaditanas, a pocos días de la celebración de la boda de su única hija con Ricardo Romero, el primogénito de un magnate del sector textil. Olivia se opuso a aplazar la boda y a cumplir con el esperado luto. Mary y Ricardo tendrían cuatro hijos, Fernando y Ricardo, con apenas un año de diferencia, el primero nacido en la Málaga republicana y el segundo en la ya nacional. En 1944, sobrepasada la treintena, Mary dio a luz a una niña que llamaron Olivia, en honor a la abuela y, ante la incredulidad de médicos y familiares, a los pocos meses, Mary volvería a quedarse embarazada para dar a luz a sus treinta y nueve años a Manuel Romero Tobón y Curto, que tras la muerte de la abuela en 1982, a la edad de noventa y cuatro años, se cambiaría su segundo apellido por el de Berrycloth.

Mary murió en 1980 mientras le bordaba unos pañuelos al padre Rogelio en la casa familiar de la Malagueta. Olivia Berrycloth pasó sus últimos años en compañía de la nieta homónima, tomándose su paloma de anís a diario y presumiendo de su agilidad ante los fogones y su vista de quinceañera que seguía siendo tan aguda como los mordaces comentarios que disparaba su incorregible acento inglés.

El nieto favorito siempre fue Manuel, y a él le dejó las propiedades que más valoraba: un terreno de importantes dimensiones en una pintoresca villa del norte de Tenerife, un luminoso piso en el centro de Málaga en el que sus padres habían pasado los últimos años, la casa familiar de Devon y una delicuescente bohardilla en Enkhuizen que había servido al almirante, sospechaba Olivia, de picadero general en sus correrías de enaguas en los Países Bajos.

A la edad de veinte años, tras cursar algunos estudios inciertos con notas mediocres, Manuel Romero se instalaba en la holandesa bohardilla de su abuelo materno con la falsa promesa de iniciar estudios de abogacía. Corría el año 1965, la facilidad para los idiomas hizo que al cabo de un año Manuel hablara el holandés con soltura, y tras veintitrés años viviendo en el país pasara a considerarlo su lengua materna. Durante ese período volvió en contadas ocasiones a Málaga, entre ellas, los dos funerales del 80 y el 82. Adonde sí solía viajar con frecuencia era a Tenerife. La familia tenía una casa de verano en el sur de la isla en la que solían reunirse en invierno para celebrar las fiestas.

Olivia Berrycloth tomó el último vuelo en 1981, para esparcir parte de las cenizas de su hija en aquella propiedad de Icod de los Vinos que luego heredaría Manuel y cuyas vistas tanto habían fascinado a su difunto marido. La propiedad era una parcela escarpada en la que habían allanado algunas terrazas para uso agrícola, tenía un cobertizo en un lado y un jardín de árboles frutales. Tras la muerte de la abuela y la ventajosa venta de la propiedad de Devon, Manuel se propuso construir una casa colonial de estilo andaluz, que acabaría llamando Villa Olivia.

A la edad de treinta y cinco años Manuel enviudó. A Ria se la llevó una enfermedad habitual entre las mujeres de su familia. No tuvieron hijos. Ria es diminutivo de María, y en holandés significa «amarga». Solo Olivia llegó a conocer esa historia, y aunque solía acompañarlo en sus viajes navideños a Tenerife, la familia nunca supo que estaban casados. Manuel jamás superó su muerte.

Al cabo de unos años conoció a Enriqueta Palacios, una española empleada en la casa de un coleccionista de arte que había contratado los servicios de Manuel para llevar ante los tribunales la compraventa de un falso Van Eyck. Enriqueta, Kika para todos, llevaba diez años trabajando para aquel hombre. Al principio se ocupaba de la limpieza y la comida del señor, pero con el paso de los años mostró una sorprendente habilidad reparando el mobiliario de la casa que, unida a un gusto tan exquisito como insospechado en una chica sin estudios nacida en un caserío de Badajoz, la llevó a hacer varios cursos de restauración y tapicería subvencionados por la repentina generosidad de su patrón. Dicha generosidad respondía al deseo de ahorrarse varios miles de florines en reparar, principalmente, los muebles que adquiría en las subastas y por cuyo arreglo los tapiceros y restauradores de la zona le pedían auténticas fortunas.

Manuel acabaría casándose con Kika, y ambos se instalarían en la casa de Icod. A los pocos meses de conocerse, Kika quedó embarazada y, tras hacer una treta a su patrón por los impagos y los menosprecios, ambos huyeron de Holanda. La niña nació en un hospital de París con una severa discapacidad. Ya instalados en Canarias, Manuel no conseguiría, pese a los esfuerzos, encajar la discapacidad de la hija y la creciente frustración de la madre, al igual que tampoco lograría abandonar el vertiginoso ritmo de vida al que se había acostumbrado de Ámsterdam. Quedaron en que les pasaría una pensión mensual y seguirían viviendo en Villa Olivia. Manuel recuperó su vida de excesos, que le granjearía una legendaria reputación en la colonia británica asentada entre los campos de golf, recién inaugurados, de San Miguel de Abona. Del matrimonio con Ria le había quedado una frialdad nórdica en la mirada y un apartamento que compraron no muy lejos de la casa familiar de los Romero, al sur de la isla. La vivienda tenía tres dormitorios, un salón con amplia terraza que daba a la piscina y un comedor circular. Estaba en un complejo hotelero llamado Parque Albatros. Contaba con un diminuto frigorífico para mantener las bebidas alcohólicas a la temperatura adecuada, no tenía lavadora, y la preparación más sofisticada que había conocido su cocina era alguna lata de marisco dispuesta de cualquier modo sobre una rebanada de pan. Durante siete años esa fue mi casa.

22

Procopio y Belisario

Ruth no fue la primera en despertar mis celos, la primera fue Nina. El chico moreno de ojos rasgados que vivía en la colina de enfrente la invitó a fumarse un pitillo sobre el destartalado embarcadero del lago que se extendía debajo de la casa de la abuela. Un sendero de unos cien metros, que partía las huertas, comunicaba la casa grande con una espesura de juncos y espadañas. Era la hora de la siesta y hacía calor. El chico se quitó la camisa y sacó de entre los matojos una llanta de tractor que había adherido a una base y que usaba para capturar los diminutos peces de barro que ensuciaban las aguas.

Nina estaba incómoda, quizás porque aquel estero le recordase al abedul del colegio, o los ojos marrones a aquellos otros ojos negros, o porque simplemente quería volver a sentir las oleadas de calor seguidas de la humedad y los golpes suaves convirtiéndose de nuevo en una mujer igual al resto de las mujeres de su casa. Yo estaba escondido entre unas matas de frambuesas al otro lado de la huerta. Salí disparado hacia la casa y encontré a mi prima jugando a las cartas. Nuestras abuelas roncaban al fondo de la vivienda, en los dormitorios más frescos. Le expliqué en qué consistiría la broma y le alcancé la bata de flores de la abuela y le sugerí que se pusiera un par de calcetines enrollados sobre la cabeza, para imitar el moño, y luego el pañuelo atado a la nuca, como se lo ponía la abuela cuando iba a la huerta. Al ver a mi tía desde lo alto del sendero pegó un grito y maldijo imitando la voz de mi abuela. Con su gesto habitual, Nina deshizo lo andado con la cabeza gacha y los hombros caídos, cosa que le impidió reconocer a la prima hasta que la tuvo a medio palmo de la cara.

Lloró todo el día sin querer dar explicaciones a la madre. El joven moreno estuvo remando por el lago con el torso desnudo hasta la puesta del sol. Para no dar un rodeo solía cruzar nuestros terrenos atajando hacia la casa de la colina, cuando se topó conmigo, junto al cobertizo, me dijo «toma, dale esto a tu tía». Era una malla de cangrejos.

Al día siguiente, decidí continuar con el juego de disfraces y rebusqué entre la ropa de mi prima y me vestí de gitana. Me puse una falda plisada y una blusa que ocultaba un pecho falso, un pañuelo de seda que anudé con una cola hacia atrás para disimular la ausencia de cabellera y me pinté con cuidado intentando reproducir los rasgos de las gitanas de las películas de Mijalkov.

Salí arrastrando unos tacones que quedaron llenos de tierra y mierda de gallina. Me senté en el banco que daba a la casa de los vecinos, tras la cancela. Miré a la izquierda y lo vi chupando un cigarrillo liado con papel de periódico. Me sonrió y me guiñó un ojo. Estaba satisfecho.

Quise volver a la casa sin que nadie me viera, pero descubrí a la hermana de mi abuela frunciendo los labios tras los visillos de la cocina. Me arrastró al dormitorio y me arrancó la ropa salvo los calzoncillos; me quedé como Nina el día anterior al creer que la había descubierto la madre. Me estuvo sermoneando un rato sobre lo que iba a pensar la gente y que si no me daba vergüenza. Al final abrió un cajón bajo del armario y sacó una lata en la que rebuscó con rapidez. Me enseñó una foto: había dos hombres vestidos con ropa militar, uno de poca estatura y cara redonda, y el otro alto, de ojos grandes y melena rubia peinada hacia atrás. Estaban cogidos de la mano. Sonreían.

Se llamaba Procopio y lo habían dado por muerto durante la guerra hasta que, en 1953, el hermano de mi abuelo, Stephan, recibió una carta con una fotografía. Procopio se había escondido en el cementerio del pueblo, en el hueco de una tumba recién excavada que había tapado con ramas y maleza. Permaneció tres días chupando las raíces húmedas que asomaban de la tierra oscura y rezando, como le había enseñado su difunta madre, para que nadie lo descubriera ni lo mataran de un tiro. Cuando los alemanes se fueron, recorrió el pueblo devastado y se encontró con viejas llorando sobre los jóvenes cadáveres. Anduvo días en dirección incierta. Llegó a un poblado donde le dieron de comer y luego lo uncieron para arar un terreno, los viejos del caserío dijeron que los alemanes se habían llevado los bueyes y que ellos no tenían fuerza para tirar. Esa noche les robó toda la comida que pudo y huyó de la casa echándose de nuevo a los caminos. Llegó a una ciudad desconocida, preguntó dónde podía conseguir comida, dijo que era huérfano, y le indicaron que en un colegio junto al edificio de postas. Comió y durmió varios días en ese lugar. Cuando quiso salir no le dejaron.

En la carta hacía una relación de todos los trabajos que había desempañado hasta alistarse como soldado y obtener un cargo mediocre en Moscú. Le había costado años dar con el hermano mayor y expresaba el deseo de hacerle una visita si tenía dónde alojarlo.

Hasta ese momento, Gregori Mélnik había sido el joven más apuesto del pueblo. Las chicas cambiaron de opinión cuando pasados unos meses desde la carta vieron aparecer a Procopio. Los hermanos bebieron mucho y se interrogaron con la premura y la timidez propia de los que siendo familia carecen de vínculos. Procopio habló de sus aspiraciones militares y su desinterés por encontrar mujer.

En la penúltima carta que recibieron, al poco de instalarse en la casa nueva, Procopio informaba orgulloso que se iba a la Revolución. La siguiente llegó con sello cubano y letra descuidada, describía un horror difícil de imaginar, confesaba tener problemas hepáticos y que un amigo suyo había sido brutalmente asesinado y que las playas no acababan nunca. En un sobre más pequeño, envuelto en cinta aislante había una pizca de arena. La foto que me enseñó la tía abuela la había mandado en ese mismo sobre.

Volvió a mediados de los sesenta gravemente enfermo. Según me contó mi madre, se volvió alcohólico por cierta culpa que lo atormentaba, y mientras dormía no paraba de repetir un nombre. No sé cómo llegó aquella foto a las manos de mi tía abuela, quizás el abuelo Gregori la quiso mantener lejos de la abuela Gala, que no habría dudado en quemarla.

Cuando teníamos cinco o seis años, mi madre nos llevó al cementerio y estuvimos un día entero buscando la tumba de Procopio. La inscripción apenas se veía y el retrato se había caído dejando un óvalo de metal oxidado. Mi madre arrancó las malezas y regó la lápida con vodka haciendo una cruz, partió salchichón y pepinos y nos sentamos sobre la loza del tío Procopio a comer en silencio.

Durante la carrera descubrí la historia de Belisario y la leyenda de que aquel antiguo militar de Justiniano mendigaba, ya ciego, por las calles de Constantinopla. Se dice que lo traicionó su antiguo secretario Procopio de Cesarea acusándolo de corrupción y declarándolo culpable, ya que él mismo se encargó de juzgarlo. Belisario es un nombre compuesto por *beli* que en eslavo quiere decir «blanco» y *sar* que es una contracción de «césar», igual que «zar» en ruso.

No he podido averiguar nada más sobre Procopio y su rey blanco, con el que parece estar tan feliz en la foto, en ese gesto que debe ocultar algo más elevado que la simple camaradería. ¿Por qué si no iba a mandar el retrato junto a aquella carta de auxilio y el puñado de arena? ¿Qué intentaría ahogar con la bebida? ¿A qué esperanza aferrarse cuando cualquier bando político deseaba aniquilar al que se salía del redil de la productividad? Me encantaría poder hablar con él y contarle mi vida con Jesús, el amor sin mordaza y el fracaso inevitable de todas las parejas.

¡El éxito que hubiese tenido con los chicos el tío Procopio! Me gustaría hablar con él y que me lo contara todo para escribir esa novela imposible. Preguntarle cómo se llamaba él, su Belisario. Cuáles habían sido sus delitos.

23

Éramos pocos…

El séquito de recepción en el aeropuerto del sur de Tenerife fue, como mínimo, perturbador. Detrás de los dos metros de Manolo, arreglado como de costumbre, asomaba mi padre vestido con lo que él imaginaba debía ser la vestimenta de cualquier habitante insular que se preciara: pantalones cortos color crema con chaleco a juego —cuantos más bolsillos, mejor—, una camiseta con inscripciones en inglés y unas estilizadas chanclas que dejaban entrever los calcetines blancos ennegrecidos por los dedos y los talones. Mi madre ahogó un grito al verlo. El tercer integrante del grupo era un tipo alto con cara de pájaro que esgrimía un ramo de flores y una bolsa, miraba a los lados y no paraba de sonreír, se llamaba Saverio y era el jefe de sala de uno de los restaurantes de Manolo, hacía las veces de chofer, recadero, confidente o lo que fuese necesario.

La casa estaba a unos quince kilómetros. Nosotros tres íbamos en el coche de Manolo. El equipaje, mi padre y

Saverio nos pisaban los talones en un coche rojo a punto de colapsar. La calima —polvo sahariano en suspensión, nos explicaron— ese día era como una cortina de nailon que convertía el sol en una naranja a contraluz enmarcada en la postal de la ventanilla del coche. Durante ese trayecto, descubrí que la calima olía, luego comprobé que comenzaba a oler antes de llegar y, una vez llegaba, ardía en la garganta, daba sed y producía una modorra similar a la que precede a las gripes o los conflictos sentimentales en barbecho. Manolo no paraba de hablar y contar todos los planes que tenía para los próximos días.

No era la primera vez que pisábamos la isla. Durante el curso mi madre había pedido permiso a las monjas para hacer alguna escapada con la excusa de formalizar la documentación. Durante las tres o cuatro visitas no vimos al Hijoputa, mi madre consideró que no había ninguna necesidad de aguar la fiesta. Las excursiones por la isla me daban miedo, no tanto por las carreteras imposibles y los barrancos escarpados, sino por la respuesta que mi cuerpo tenía a toda aquella orografía: echar la pota. La pota se combatía con una asquerosidad en forma de caramelos enlatados que se guardaban en la guantera, la porquería se llamaba Juanolas, y la gente la llevaba chupando por lo visto desde 1906, según la etiqueta de la tapa. Claro que funcionaban, aquel sabor hacía que te olvidaras de cualquier cosa; además, no solo sirven para cortar la pota, sino para superar disgustos sentimentales, aplacar los nervios, envenenar a tu pareja, en fin, los beneficios de esos caramelitos inmundos eran innumerables, según Manolo. Yo los descubrí bajando los precipicios de Masca por una senda asfaltada en la que no caben dos coches y los locales llaman en un alarde de humor «carretera». Manolo nos dijo que la primera vez que visitó el poblado, la «carretera» era un camino de cabras sin asfaltar y las laderas unos cementerios de media docena de Seiscientos que se habían despeñado por ausencia de quitamiedos.

La casa estaba llena de gente. Sergio era un anciano alcohólico, dueño de un hotel próximo, oriundo de Calabria y especialista en la elaboración de lasañas. Simona era una cubana de Santiago, de busto imponente y voz grave que acompañaba con exóticos ritmos al piano, era la compañera de trabajo del Hijoputa. Otilia era una joven camarera de ojos vivos y voz alegre que Manolo había contratado tras una disputa familiar.

Nos llevaron al cuarto que íbamos a compartir y nos dieron permiso para bajar a la piscina. Yo me negué. Ni por todas las piscinas del mundo me iba a perder yo aquel cónclave. En la terraza, que era como un jardín pequeño en el que crecían esterlicias, pencas y un par de árboles que daban sombra, habían dispuesto una amplia mesa, y Otilia comenzó a sacar platos de mariscos y embutidos. Mi hermano echó mano de una fuente de langostinos y no paró hasta acabar con ellos. El Hijoputa escrutaba a mi madre con un brillo de ojos propio de los dueños que recuperan accidentalmente una propiedad, y esta hacía como que no se daba cuenta. Sergio llevaba botella y media de *grappa* y se había pasado al italiano, total, nadie le hacía caso. Simona decía que aquella casa tenía malas vibraciones y que un día venía a hacer una limpia con humo de habano y huevos verdes de gallina araucana. Manolo, que guardaba un extraño parecido con las esterlicias, sonreía y decía a todo que sí sin parar de mirar a los lados. La cosa acabó con todos achispados y con mi padre y Manolo cargando los cien kilos de Sergio por la infinita escalera que subía hasta la recepción. Cuando todos se fueron, Otilia se quedó para recoger los platos y barrer la terraza. Mi madre la miraba con cara de pocos amigos deseosa de que se fuera de una vez. Cuando vio que se ponía a fregar los platos le dijo «Manolo, ¿esta chica no se va a ir?», a lo que este contestó «Ah, si te molesta Oty siempre le puedes decir que se vaya a su cuarto, princesa». Manolo llamaba a mi madre «princesa», y por lo visto no era la única.

24

El pabellón de Puerto Rico

En eslavo antiguo Mila significa «misericordia», pero a juzgar por lo que decían de ella los que la habían tratado, esa cualidad no se incluía ni por asomo entre su compendio de virtudes, que no eran pocas. Mila Bloj vivía por y para el dinero, era una anciana de edad incierta, cuya usura solo podría compararse con Aliona Ivánovna, la casera de Radión. En castellano se hacía llamar doña Mila. Tenía un melao caribeño al hablar que no encajaba con sus modos toscos. Mila Bloj había sido combatiente en la guerra de Vietnam, ayudante de cocina en el Kremlin, contrabandista en La Habana y a inicios de los noventa era la única persona que podía conseguirte un visado para abandonar la desmantelada URSS.

De Mila se contaban infinidad de leyendas que tenían que ver con incendios de propiedades, saqueos de viviendas y pulsos dialécticos con el mismísimo Fidel. Mila tenía en su haber desde amores guarecidos bajo el baldaquino de la Santa Sede, pasando por el gobernador de Kaliningrado, hasta algún trabajo patriótico entre los faldones de la chilaba de Gadafi. En los últimos años se había especializado en labores humanitarias, como ella misma las había bautizado, y estas consistían en salvar a desgraciadas de buen parecer para proporcionarles, a cambio de sus favores, papeles, contactos y dinero en Italia, España y Portugal.

Elena Mélnik la contactó a través de la ex de un novio violinista de la exmujer del pastor protestante de la iglesia a la que comenzó a ir a finales de los ochenta. Elena amenazó con Dios y las autoridades locales cuando Mila le insinuó el empleo que le tenía preparado a su llegada a Madrid. Mila entendió que poco se podía hacer con una mujer fiel, una madre destrozada y una creyente fanática. Entonces, le propuso que trabajara como su ayudante de cocina en un crucero que recorría la costa andaluza y parte de la Macaronesia. Elena aceptó y, ante la mirada de desaprobación de Mila, prometió desprenderse de la larga manicura. Tendrían que embarcar en Málaga en unos días. Mila había alquilado una furgoneta que las llevaría, en compañía de un grupo de músicos moldavos, primero a Sevilla, donde harían noche y aprovecharían para dar una vuelta por la Expo, y luego al puerto malagueño. La mujer dijo que se encargaría de arreglarlo con el capitán del barco, que era amigo. Elena llevaba apenas unas semanas en el país y la falta de papeles no parecía ser un inconveniente para la contratación.

El principal motor de Mila era evitar gastos. Tenía interés en visitar los pabellones caribeños y despejarse un poco, pero su objetivo principal era dar de comer a la *troupe* moldava. Les había cobrado el poco dinero que tenían por la noche en una pensión infame a las afueras de la ciudad, las entradas a las exposiciones y un vale ficticio de menú degustación en un pabellón. El procedimiento era sencillo: plato que vieran, plato que podían atacar. Gracias a un antiguo amante de la embajada puertorriqueña, había conseguido siete entradas gratuitas. De los músicos moldavos cobraría un incentivo como señal de gratitud por haberles conseguido el empleo, de Elena cobraría la mitad del sueldo que, dadas sus circunstancias de ilegalidad, ya se había reducido considerablemente. Con aquel dinero pensaba alquilar una casa en San Cristóbal de La Laguna, una ciudad que le traía innumerables recuerdos y en la que esperaba, tirando de algún contacto, poder establecerse con cierta comodidad.

Elena se sentía rara sin la manicura, de modo que no paraba de apretar los puños para que nadie pudiera ver sus diminutas uñas, era la parte de su cuerpo que más odiaba. Llevaba un vaquero alto, dos tallas más grande, atado con un cinturón de piel y un top fucsia y naranja que no tardó en esconder bajo una chaqueta deportiva sustraída al trompetista de la *troupe* moldava. Mila no tardó en llegar con un plato de mondongo acompañado de alcapurrias. Había perdido la cuenta de las piñas coladas y comenzaba a menearse al son del combo de Puerto Rico con los labios apretados y cara de mal humor. Elena se mantuvo apartada entre una columna y un puesto de comida, masticando sin ganas, deseosa de escapar de aquel griterío.

«Hola, princesa, qué ojos más tristes», Manolo la asaltó después de observarla durante un buen rato. Elena no entendió ni una palabra. «¿Cómo te llamas?» preguntó levantando con un dedo atrevido la barbilla de la mujer. Elena le propinó un manotazo y dio un paso hacia atrás dejando caer el plato de mondongo. «¿Tú qué? ¿De Gestapo?».

25

The Pokrovsky Gate

Se estrenó al año siguiente de nuestro nacimiento, una lástima, era la adaptación de una obra de teatro de Leonid Zorin, llevada a la pantalla por Kozakov, con un reparto prodigioso, tan prodigioso como el de nuestro nuevo hogar. La comedia soviética describía la vida en un apartamento comunitario. Aparte de las incomodidades compartidas y la falta de privacidad, la acción se centraba en la vida de un profesor de literatura, junto a su círculo de amigos intelectuales proscritos por la sociedad soviética, y la relación que tiene este con su exmujer, que vive en la misma *kommunalka* con un acordeonista tan calzonazos como impresentable. La cosa se complica cuando el profesor se enamora de una joven enfermera y la exmujer trina de celos.

Tras las puertas del 109 de Álbatros Park, la cosa no era muy distinta. Después de abusar de las gotas de valeriana y encomendarse al idólatra panteón ortodoxo que había dispuesto en el salón junto al minibar, mi madre no sabía cómo encajar la presencia de *la chica. La chica,* Otilia para desconocidos y Oty para amigos, ocupaba el dormitorio más pequeño de la casa y había sido desahuciada de su cuarto de baño con nuestra llegada. Combatía el mal olor con torres de incienso, no perdía el buen humor, manejaba una moto y tenía la formación suficiente como para saber que, en caso de duda, el silencio acompañado de sonrisas siempre era la vía más segura. Había sido expulsada en repetidas ocasiones del domicilio familiar de Vilaflor, pero un enredo imprevisto acompañado de ciertas complicaciones postcoitales había dinamitado la frágil paciencia paterna y la pobre muchacha, con todo su estado a cuestas, se había visto obligada a mendigar asilo a su jefe. La relación apenas excedía el trato paternofilial, o eso aseguraba Manolo. Mi madre, por el contrario, era incapaz de imaginar la convivencia de un señor maduro y atractivo con una chica recién salida de la pubertad, e igualmente atractiva, sin pasar a mayores. Por si no fuera poco, Oty tenía un novio cubano llamado Ernesto que por avatares académicos hablaba un perfecto ruso. La única persona en aquella casa, salvo nosotros, con la que mi madre podía mantener una conversación fluida era Ernesto, alguna ventaja tenía que tener la presencia de *la chica,* se decía y resoplaba.

Ernesto acudía puntualmente a cumplir con sus obligaciones de tálamo, aunque nunca mostró interés en vivir juntos, ni en que el motivo de la marcha de Oty de la casa familiar viese la luz. *La chica* gritaba entre sacudidas una retahíla interminable de palabras incomprensibles, como si fuese un vocablo islandés o una oración desesperada o todo aquello que se había callado a lo largo del día y ahora le salía a borbotones. Mi madre se hacía la loca, Manolo se hacía el dormido. Las veces que el Hijoputa se sumaba a aquel zafarrancho familiar, que no eran pocas, se estallaba los nudillos y subía el volumen de la tele. Por algún motivo directamente relacionado con los gritos de Oty, Ernesto adquirió el sobrenombre de el Chibichanga.

Manolo no pagaba mal a sus músicos, pero se conoce que por aquellos años los servicios que contrataba mi padre, y nada tenían que ver con la música, tenían un coste bastante elevado. Dado que aquel bien de primera necesidad se satisfacía al menos una vez por semana, el satisfecho subsistía el resto del mes de las comidas que le daban en el restaurante, de la generosidad de Manolo, y mi madre para todo lo demás, o sea: ropa, gasolina y tabaco. Mi madre no tardó en sacarle el tema de la profesora, y su romance truncado, y le dijo que no perdiese la esperanza que aún eran jóvenes y se podrían casar y tener una familia después de que firmaran el divorcio. El Hijoputa, por aquello de mejor bueno conocido que malo por conocer, se acojonó y creyendo peligrar sus pocos ingresos y el bienestar que su condición de cornudo consentido —e infiel— le otorgaba, optó por desmentir la historia y negarse al divorcio. El Hijoputa comenzó a dar pena y a mostrar su amor callado-callado a mi madre, con ojos de perro hambriento o *chiburashka* lloroso.

El apacible núcleo familiar se veía completado por un enjambre de abogados de turbia reputación, Sergio y su *grappa* diciendo *parolacce sulla madonna,* y Simona rivalizando en cuestiones de altarería mayor con mi madre, en las que Ochún y Yemayá competían con Miguel de Chernígov y Olga de Kiev.

26

Cuando digo las mentiras...

Después de dejar a Kika se instaló dos años en el Meliá. Ganó una importante cantidad de dinero y derrochó otra cantidad similar en juergas y lujos. Cuando José Miguel le expuso la idea no lo vio nada claro, no sabían llevar un negocio de esas características. Harto del bufete, Manolo acabó volviendo a la isla para montar el primero de sus tres restaurantes: el Thai. Ambos socios consideraron que era del todo imprescindible viajar a Tailandia e impregnarse de su gastronomía, su cultura y sus gentes. Para Manolo el viaje de Tailandia era lo mismo que para mi madre el de la India, un tema tabú. Volvieron de aquel primer contacto cultural con un contenedor de mobiliario exótico, ingredientes imperecederos para alimentar a media isla y una cocinera diminuta que era toda una celebridad del mercado de Chatuchak, y su hija veinteañera que se encontraba en medio de una transición de género.

—Qué moderna la Manola, ¿no?

—Sí, hija, sí. Manolo era muy moderno para todo, demasiado.

—¿Llegaste a conocer a la tailandesa? Me imagino que en Canarias no sorprendería mucho…

—Hombre, Petricor, yo la conocí algunos años más tarde, y la mujer sorprendía. Era la relaciones públicas del Thai, no sé cómo hacía para manejarse con esas uñas. Hablaba media docena de idiomas y también tenía mano en la cocina. Era la única que no robaba. Llegó un momento en el que Manolo optaba por mirar hacia otro lado, incluso robando se hacían unas cajas astronómicas. En poco tiempo, el Thai se convirtió en el mejor restaurante asiático del sur de la isla.

—Hay que ver lo bien que se lo montó tu madre, no como la mía que ahí sigue con sus huertas y sus cabras.

—Ya podría la mía haberse metido en agriculturas, Petricor, que no veas los zarandeos que le ha metido la vida. Bueno, la vida y los hombres.

—Maricón, tú de Manolo tienes buenos recuerdos por lo que parece…

—La verdad es que no lo sé. No sé dónde acaba la verdad y comienza la mentira, ni qué son invenciones mías o qué ocurrió en realidad. Le pregunto a mi hermano y él tiene otra versión de las cosas. La memoria, Petri, la mayor de las ficciones que se ha inventado. Lo que a día de hoy me sorprende es la forma tan aleatoria, tan azarosa, en la que nos influye la gente. No tiene que ver con la duración de la relación en sí, sino con algo que no sabría explicar, algo que tiene que ver con la intensidad del carácter y la profundidad y la sinceridad de la persona. Esa gente que diciendo mentiras expresa verdades universales.

—A mí me ha pasado eso con los tíos. Hay algunos de los que solo recuerdo lo que recuerdo y me *enrizo* toda. Y luego está Tony que mira el porrón de años que llevamos y me deja, el pobre mío, más indiferente que una ameba.

—Pues una cosa así, yo llevo compartiendo diez años departamento con gente de la que no sé nada, que no han supuesto nada en mi vida pese a verlos a diario y compartir espacio y oficio y alumnado y evaluaciones, son personas que van a pasar sin más. Sin embargo, con mi abuela, ¿cuántos años vivimos siendo conscientes de las cosas?, unos tres o cuatro, y me parece un mundo. Con Manolo más, pero tampoco tantos, y fueron los años que me hicieron ser como soy, porque estarás conmigo que a mi madre no he salido, a Dios gracias. Y mira tú ahora el niño este, que es menos que la nada, sin intereses, sin aspiraciones, como llevado por el viento.

—David, no seas burra, seguro que Manolo decía lo mismo de ti y aquí estás. Quién sabe si al niño le ha venido bien vivir contigo, quizás esté cambiando y nosotras aún no lo veamos. Tú qué sabes, coño.

—Sí, con dieciocho años va a cambiar el puto niño…

—Esta es una casa única, dos semanas con nosotras y hasta Putin se vuelve maricón.

—Puestos a traer, yo preferiría a Henry Cavill o incluso a Beckham.

La primera vez que nos llevaron al Thai, al poco de llegar a la isla, nos acompañó Shura y su novia Vivalda. A ella la llamábamos Viva y era una tía despampanante; a él, Manolo y los andaluces lo llamaban Churra. Al igual que al Hijoputa que en vez de decirle Sasha le decían Chacha. «Mira, por allí vienen la Churra y la Chacha» exclamaban y se partían el carajo. Creo que a día de hoy el Hijoputa no ha pillado la coña. Shura trabajaba vendiendo *time sharing* en Albatros, y Viva se dedicaba a la inmobiliaria. Hacían buena pareja, no sé qué fue de ellos, creo que lo dejaron. Viva no veía con buenos ojos nuestro hábitat familiar, pese a ello, fue la responsable de que todo saltara por los aires. Tuvo la fantástica idea de venir acompañada a casa de dos amigas suyas, hermanas, de Verona, que acabarían rivalizando con mi madre por el lecho conyugal.

De entre todos los grandes embusteros que he conocido, incluyéndome a mí, Manolo ha sido el más hábil. Sus mentiras eran más lógicas que las situaciones inverosímiles que a diario sucedían en el 109 de Albatros. Tenía la capacidad de poner orden al desorden que él mismo se había esmerado en organizar, y ese orden se establecía solo con palabras. Al cabo de unos años, cuando tuve la curiosidad de asaltar su biblioteca, entendí dónde había adquirido ese talento.

27

Villa Olivia

Nunca entendí por qué diablos no vivíamos en esa casa. Por qué vivíamos cinco personas, más bien apretadas, en aquel hotel fuera del mundo mientras la casa grande estaba prácticamente deshabitada. La madre y la hija solo usaban la planta baja. Desde el patio rectangular con una fuente de azulejos uno podía acceder a la cocina y varios dormitorios, frente a la entrada estaba la sala grande, seguida del comedor y la biblioteca al fondo. Al final de la biblioteca había dos tramos de escaleras que subían a los dormitorios superiores. Esa parte de la casa se limpiaba, pero nunca se usó. No la recuerdo bien.

El Hijoputa fue el primero en visitar Villa Olivia, los celos se convirtieron en conversaciones telefónicas que mi madre no quería escuchar. Manolo tenía graves problemas de salud. «Eso es lo único que tienes que tener en cuenta», no paraba de repetir.

Kika preparó un dormitorio para cada uno arriba, nosotros nos quedamos en uno más pequeño pegado al salón que tenía dos camas y vistas al huerto de los árboles frutales. Me intrigan los movimientos que se puedan dar entre los dormitorios de dos hombres que comparten la misma mujer, habría que preguntarle a ella. Recuerdo salir al baño y encontrarme a Kika fumando en el salón, en un sofá desde el que se veía la fuente. Había velas encendidas, y el olor del incienso se mezclaba con el olor a madera de la casa. Cuando volvía del baño me preguntó si había visto la biblioteca, negué con la cabeza. Había varios escritorios, en uno de ellos estaban los cuadros que Manolo había descolgado del comedor oval de Albatros, el otro estaba sepultado por papeles entre los que asomaba una máquina de escribir, el tercero era el que Kika usaba para leer, junto a la barandilla de la escalera. «Me gusta la astronomía, me distrae...», confesó. Había una tristeza inusual en sus palabras, era desesperación y no interés por los libros, le ayudaban a matar las horas y evadirse, como a Nina nuestros cuentos. Debía querer mucho a Manolo para abrir las puertas de su casa a una mujer a la que este amaba como nunca la había amado a ella, y a dos niños a los que trataba como nunca había tratado a su hija.

Algunos de los muebles y los cuadros eran del antiguo patrón holandés. Nunca quedó claro cómo se los habían llevado. El comedor lo presidía el retrato de un niño, vestido al modo luterano, subido en una silla, sosteniendo por el rabito una manzana entre el dedo índice y pulgar. Era la obra favorita de Manolo. Su textura cuarteada me recordaba al escote de la abuela. La palidez del niño, a la mía.

28

Fuego en La Habana

Manolo no pareció sorprendido con la historia de Mila Bloj. Las autoridades locales le dieron unos días para abandonar la isla, sin embargo, le aconsejaron que dejara todas sus pertenencias en la casa si no quería verse envuelta en algún contratiempo, todas sus posesiones pasaban a ser propiedad estatal.

El mismo capitán del crucero de Málaga fue el que le aconsejó embarcar esa tarde en un trasatlántico que la dejaría en las Canarias. Solo tenía que llevarse ropa y los enseres más básicos.

Mila accedió, pero antes de abandonar la isla tenía un par de tareas pendientes, y no pensaba llevarlas a cabo sola. Su amiga Lyuba estaba envuelta en el mismo enredo que ella. Llevaban años especulando con todo tipo de mercancías ante el creciente déficit nacional. Es cierto que Lyuba no había pasado de la ropa y el calzado de lujo, algunas piezas de joyería y contenedores llenos de hilos y cintas y accesorios de costura, incluyendo máquinas de coser. Mila, por su lado, había sido más ambiciosa, traía de distintos países de Europa, incluyendo Rusia, todo tipo de cosas gracias a su amigo el capitán. Llevaba años comerciando con motocicletas con sidecar con las que, de forma inexplicable para las autoridades, había comenzado a llenar las calles de La Habana Vieja como si fuesen una plaga. La pillaron y le hicieron pagar una elevada multa que la salvó de la cárcel, le dieron el ultimátum y le confiscaron todos los objetos de valor que estaban a la vista en la casa. Tanto Lyuba como Mila operaban solo con efectivo. Cuando se dieron cuenta de que la Nacional Revolucionaria les seguía la pista, tiraron de vecinas. Introducían los billetes en botellas de vidrio y viejas latas de conserva y se las entregaban a las vecinas que custodiaban en silencio el botín a cambio de un pellizco. Cuando los armarios y despensas de las vecinas comenzaron a no dar más de sí, se les ocurrió guardar el dinero en un armario de la consulta de pediatría en la que trabajaba Lyuba. Acabaron pillándolas, pero nunca encontraron el dinero. El plan de Mila era contratar a un par de hombres para vaciar tanto su casa como la de Lyuba, incluyendo el dinero que tenían las vecinas, llevarlo todo al barco y prender fuego a las viviendas, a la pinga la propiedad estatal y Alejandrito Ruz. Las dos vecinas involucradas en el negocio se repartirían el dinero guardado en la consulta de Lyuba y comenzarían de cero, de hecho, el acuerdo consistía en que fingirían haber provocado ellas los incendios por un descuido en la cocina. Al día siguiente no se hablaría de otra cosa en la ciudad, la Nacional Revolucionaria había incendiado las casas de las rusas con el fin de eliminarlas, pero las rusas habían conseguido huir gracias a un chivatazo y a la ayuda del amante de la mayor, en un crucero, con lo puesto, mientras veían las dos torres de humo alzarse sobre el puerto de La Habana.

No obstante, Manolo encontró divertida la historia, le encantaba detectar las medias verdades. Doña Mila, como la llamaba él con sorna, era una mujer de armas tomar, que en más de una ocasión se le había insinuado, pasada ya de copas. Lo que no entendía Manolo era en qué había dilapidado semejante fortuna, ya que a la mujer no se le conocían propiedades ni una vida de lujos, es más, al borde de la jubilación, seguía pajareando en asuntos que rozaban la ilegalidad. La historia le trajo a la mente otra historia similar y, achispado por un clarete peleón que elaboraban en el pueblo, reveló algunos detalles de cómo muchos de los muebles y pinturas que decoraban Villa Olivia habían salido, sin que el coleccionista lo supiera, de su almacén. Quizás pasaran años hasta que se diera cuenta de la desaparición de ciertas cosas de escaso valor, de lo que no tardó en darse cuenta es de la fuga de su abogado con la moza que le servía en la casa. Manolo estaba rojo de felicidad, Kika espantaba el dolor con sonrisas.

29

Godo-Visigodo

Lo que más llama la atención al recién llegado es el artificio de los complejos hoteleros y el aspecto inacabado de las viviendas locales. El oasis británico, Golf del Sur, se construyó en torno a un pequeño núcleo pesquero llamado San Blas y se inauguró a finales de los ochenta. De los pescadores no había quedado ni rastro, tampoco quedaba ninguna casa original, en su lugar levantaron un hotel sobre un risco que golpeaba el oleaje, y lo rodearon de algunas *boutiques,* un supermercado con productos alemanes —es sabido que los ingleses en lo gastronómico solo se fían de los alemanes—, una peluquería, un colegio anglofrancés, una ermita que parecía un decorado de wéstern y —supongo que con el fin de satisfacer las expectativas de exotismo de los visitantes— una tienda de moda ibicenca.

La ermita de John Ford acogía distintos cultos, con el paso de los años incluso la comunidad hindú acabó celebrando algunos ritos, allí no importaban las creencias, lo que importaba era la concordia internacional. En el interior solo había bancos, con el fin de no levantar rencillas entre las distintas comunidades religiosas, el templo lucía una austeridad luterana. Golf del Sur tenía la particularidad, aún la tiene, de una carretera unidireccional, de modo que si se te olvidaban las llaves o comprar leche y pan tenías que dar una vuelta entera al barrio. En el tramo profesional de juego, una recta que comunicaba aquel pequeño Reino Unido de césped artificioso con un llano de tuneras y terruños, convenía no bajar las ventanillas a riesgo de que alguna pelota de golf gafada te partiese la mitra, cosa que al Hijoputa le ocurrió varias veces al no haber sido puesto, deliberadamente, en sobre aviso por Manolo.

Hacia el norte, se extendía un barrio sin orden en el que se mezclaban las naves industriales con las descuidadas viviendas sin encalar ya mencionadas, su nombre: Las Chafiras. Al sur, una costa rocosa, cuyas playas de cantos grises terminaban en un abismo sin fondo al cabo de dos pasos. Al oeste había una curiosa población, colmo del ascetismo inglés, que era idéntica a Golf del Sur con la diferencia de no contar con un solo supermercado. En Amarilla Golf, que era como se llamaba, era obligatorio hacer vida de hotel, no había más opción que ser atendido para todo, como si fuese un sucedáneo de la tradición decimonónica de los balnearios ingleses. Al este se extendía un brazo del barranco de la Orchilla acabado en una playa de aguas bravas que las excavadoras de los resorts tardarían cierto tiempo en tocar. Si uno se adentraba barranco arriba, cosa que mi hermano y yo hacíamos prácticamente a diario, se llegaba a una antigua presa no mayor que un charco grande, que llamábamos El Lago y se llamaba en realidad embalse de Ciguaña, rodeada de unas primitivas cabañas de piedra en las que los lugareños en tiempos remotos ocultaban el ganado. Fuera del barranco se extendía una lengua de tierra yerma coronada por un caserón verde, con forma de caja de cerillas puesta de pie, cuyo interior siempre nos intrigó y que por algún motivo siempre encontramos cerrada. Pasado el montículo yermo, una playa. La primera con algo de arena, como borra de café reblandecida por el agua salina, negra y gruesa. Tras la playa estaba el poblado de Los Abrigos. Una barriada pobre con vistas al paraíso inglés que, para envidia de los golfistas, tenía media docena de restaurantes en los que se servía pescado recién sacado de las redes, tenía una carnicería al uso y otra italiana, un videoclub y una tienda de chuches; chuches normales a precios normales, no como la de los ingleses. Llevaba como una hora llegar a Los Abrigos, había días en los que nos hacíamos el viaje cuatro veces, el día nos daba justo para salir después de comer, ver la peli alquilada y salir pitando a devolverla antes de que nos pillara la noche. El paseo marítimo aún no estaba terminado y había que hacer parte del trayecto por un sendero de cabras. A veces nos daba pereza ir a devolverla y al día siguiente teníamos que pagar la multa del videoclub, otras veces nos llevaba Manolo en coche y de paso se cogía algunas películas para él que espiábamos escondidos tras la barra de la cocina y que mi madre calificaba como inadecuadas.

De los libros que me prestaba Kika hubo uno que no entendí, al cabo de un año lo retomé y entonces sí que hizo efecto, de modo que busqué otro del mismo autor, se titulaba *Parte de una historia*, y al acabarlo se volvieron a repetir la incomprensión y el desconcierto. Lo mismo ocurrió con la poesía completa de Lorca, en edición de Aguilar con la estilizada firma en oro. Aquellos poemas me sonaban bien, era como escuchar canciones inglesas, eran lo más, pero no me enteraba de una palabra. La impaciencia del que aprende un idioma, o del que se cree que está por encima de él.

Escribía Ignacio Aldecoa en esa primera lectura truncada mía que *El forastero en las islas recibe tres bautismos. El primero es el de Godo, o visitador*. Nuestras súplicas por no ir al colegio anglofrancés fueron escuchadas, no íbamos a empezar de nuevo con dos idiomas que no controlábamos cuando al fin habíamos conseguido defendernos en castellano. El colegio al que nos llevaron tenía un nombre irónico: Echeyde III. Lo habían inaugurado ese mismo curso y era, según Manolo, lo mejor del sur de la isla. La palabra guanche «echeyde» denominaba el infierno, relacionándolo con el interior del Teide, cuyo nombre comparte étimo. El Infierno III era todo lo que prometía ser, comenzando por la hora y cuarto de guagua que nos llevaba a alcanzar sus enrejadas puertas de penal. Todo colegio es una institución penitenciaria, y como en toda institución penitenciaria hay normas que cumplir y leyes que controlar. No las de los profesores, esas son más o menos universales, las realmente complejas son las de los patios. La jerarquía infantil es incuestionable, las fobias imperantes legendarias. Ahí estaba yo para desafiar ambas y encima sin acabar de tener un dominio total del idioma. El Godo de Aldecoa equivale en el patio a Guirufo, que remite a la grosería y comicidad que emana todo extranjero. *Es el segundo el de Visigodo, o huésped de largo tiempo*. Y su equivalente de patio es el de Guiri, ya sin el tufo de la desconfianza inicial hacia el extranjero. *Y el tercero es el de Peninsular, o establecido*. Que se corresponde con Pibe, utilizado con frecuencia como vocativo al ignorarse el nombre del llamado. Este tercer paso es síntoma de progreso adecuado, incluso elogiable, del forastero en la selva corralera del recreo. Remata Aldecoa diciendo: *corresponden estos tercios a los del entendimiento que de la isla* (entiéndase cancha o patio) *se alcanza*. En mi caso hay un punto más, en el que mi hermano se mantuvo incólume. Una vez que se toma posición en la cancha y se controlan sus normas, el forastero, ya Peninsular o Pibe, toma la resolución de desplegar sus señas de identidad. Seguro de sí mismo y despojado de temor alguno, decide agallinar la risa, o trazar hipotenusas invisibles entre trasero y cabeza, o quebrar la muñeca con fines expresivos, es entonces cuando el Pibe pasa a Maricón y todos sus anteriores logros se truncan.

Desprenderse de dicho sobrenombre es imposible, incluso tras una gran hazaña vandálica, o un careo con el jefe de estudios, o una tonga de partes que te premian con tres días sabáticos. Nada se puede hacer para que el antecedente expire, uno sigue siendo el Maricón para siempre y tiene que pasar a formar filas con sus escasos congéneres confesos entre la grada de las chicas y la de los chicos: en la maldita escalera, entre las barandillas.

30

El Guincho

La parte de Las Chafiras en la que se cruzaban el acceso a la autopista y las carreteras de Golf del Sur y Los Abrigos, se llamaba El Guincho, allí tenía Manolo el segundo restaurante, que se llamaba igual. Los guinchos son unas águilas pesqueras de torso oscuro que se dan en las zonas costeras, los viejos cuentan que los más grandes anidaban en el peñón de Garachico, donde alimentaban a las crías con lagartos azules de dos rabos.

La segunda vez que Elena y Manolo se vieron fue en ese restaurante la última noche del noventa y dos. Los días en las cocinas del crucero dejaron exhaustas a Mila y Elena, y cuando atracaron en el puerto de Santa Cruz dos jóvenes venezolanas les tomaron el relevo. Se instalaron en una casa húmeda cerca del casco histórico de La Laguna. Lo primero que hicieron fue dormir. Luego comieron frutas y dieron paseos. Volvieron a dormir. Recorrieron la isla y subieron al Teide. Volvieron a comer fruta, que era de lo que más les había privado su infancia soviética, y finalmente mi madre comenzó a preocuparse por la documentación.

Mila le consiguió un puesto de fregona en una arepería y otro de noche en un bar del Cuadrilátero. Cayó bien al dueño y le hicieron un contrato con el que pudo solicitar la residencia. Mila merodeaba por la ciudad como si buscara a alguien, estaba más distante de lo habitual, no quería hablar del tema. Poco antes de Navidad recibió la llamada. Al fin su amiga Lyuba, la de La Habana, se había dignado a contestar a sus mensajes del contestador. Acordaron verse en Santa Cruz y ponerse al día.

Lyuba había amasado una pequeña fortuna haciendo excursiones para los soviéticos ricos que lograban salir de sus países. Con el tiempo trajo a sus dos hijos, que estaban en Canadá con el padre, y se compró un pequeño apartamento en el sur y una casa en la playa en Fuerteventura. Se cobraba bien, pero no daba abasto. Quedaron en volverse a ver en Nochevieja, en un cotillón para el que Lyuba había conseguido entradas a última hora, el restaurante era de los más famosos de la isla y acudiría la pequeña *jet set* del lugar. Mila preguntó el nombre del establecimiento y en cuanto se despidieron llamó desde una cabina ofreciendo los servicios de una banda balcánica de reconocido prestigio que podría amenizar la fiesta. Al día siguiente, recibió respuesta de un tal Mariano, el encargado, que se mostró muy interesado en el grupo, por las dificultades que había tenido otros años a la hora de encontrar bandas que tocaran en directo. Mila llamó a los moldavos que se habían quedado en una pensión de Santa Cruz y sobrevivían haciendo chapuzas de albañilería. Fue con Elena al Corte Inglés y compraron, en la sección de ofertas, los trajes más divinos al alcance de sus presupuestos. Esa noche, Elena se presentó con dos besos y un «Elena Mélnik, no sé si se acuerda usted de mí». Obtuvo por respuesta un «Cómo me iba a olvidar, Manuel Romero Berrycloth, de la Gestapo, un placer».

31

Mermelada-Mortadela

La abuela nunca superó la muerte del abuelo, nosotros no lo conocimos. Mi madre tenía dieciocho años y le dio un ataque de ansiedad cuando se lo dijeron. Estuvo un mes sin poder hablar, durante varios días perdió la movilidad y la vista del lado derecho. La que se quedó con él fue Nina, y no paró de hablarle de un árbol de Navidad que había visto en Detski Mir, una tienda de juguetes del centro de la ciudad. Él le juró que cuando saliera del hospital, que iba a ser en unos días, irían directos a comprar el árbol. No salió. No fueron.

Horas antes de morir pidió un vaso de kéfir, en el hospital no había, era de madrugada y aún no habían llegado los camiones. La abuela se echó el abrigo y salió en busca del kéfir para su marido. Se le ocurrió que el único sitio en el que lo podría conseguir sería un colegio, ya que los niños entraban a las seis de la mañana, para que los padres pudieran llegar al trabajo, y desayunaban allí. Corrió al que estaba enfrente de casa y llamó a la puerta trasera, donde el abedul. Una vecina obesa y con mala cara, con la que alguna vez se había tropezado por el barrio, abrió la puerta. La abuela le ofreció todo el dinero que llevaba encima, la mujer se negó. Dijo que todo estaba contado y pesado al milímetro para los niños. Para cuando abrieron las tiendas y la abuela se presentó con dos botellas de kéfir, el abuelo Gregori ya había muerto. Las enfermeras encontraron a Nina en la habitación a oscuras, aferrada a la mano del padre y repitiendo que tenían que ir por el árbol de Navidad, tenía catorce años. Mi madre llegó al poco y la tuvieron que atender. La abuela meció las dos botellas de kéfir como si fueran un recién nacido, sentada en un sillón junto a la cama, dándose cabezazos contra la barandilla que recordaba la valla de un cementerio ortodoxo. Era treinta de diciembre.

Mientras la gente hacía los últimos preparativos para celebrar el nuevo año, un pequeño grupo de personas rodeaba un féretro chapado en tela y cubierto de nieve. Un pope murmuraba majaderías. Habían sentado a mi madre, y la abuela se abrazaba al rostro frío del difunto. Seguía siendo el hombre más guapo del barrio. Sonia Skrypnyk, la anciana que vivía en el otro piso del quinto con su hija y su yerno, no paraba de llorar y gritaba que por qué Dios no se la había llevado a ella. Nina miraba los árboles nevados y pensaba en los padres con sus hijos en brazos frente al escaparate de Detski Mir. La abuela había metido una pipa, una pastilla de jabón y una cuchara dentro del féretro, por aquello del placer, la higiene, y la comida. No podía parar de llorar pensando en la mermelada de albaricoque de la despensa que él ya no volvería a probar, su favorita.

Mientras jugábamos a los cochecitos, mi hermano consiguió abrir con una llave que encontramos en el cajón de las medicinas un armario que siempre estaba cerrado. Había de todo: joyas, los vinilos de mi madre, unas fuentes de cristal de Bohemia, la cubertería que solo se usaba los días de fiesta y una caja de zapatos. Dentro de la caja había un sobre con fotos del funeral, al parecer, las tradiciones victorianas habían sobrevivido a las soviéticas. Nos asustamos. Irrumpimos en la cocina para enseñarle esas fotos a la abuela, como si ella no las hubiera visto, como si no saliera en la mitad de ellas. Se descompuso y apagó los fogones. Sacó la botella de vodka y se sentó a la mesa. Nos contó foto por foto todo lo que le venía a la mente. Nos dijo que nunca le sacáramos el tema a nuestra madre, después de quince años seguía siendo incapaz de encajarlo. La acompañamos a dejar las fotos en su sitio. Besó el sobre y se arrodilló sobre la alfombra roja para dejarlas. Al poco de instalarnos en Tenerife llamó a mi madre hecha un mar de lágrimas. Después de años, había vuelto a sacar las fotos. Al apoyarse sobre la última balda, para incorporarse, esta cedió. Durante los últimos años de trabajo en el matadero había estado ahorrando prácticamente la totalidad de su salario y lo había ido guardando dentro de aquel falso fondo del armario. Con aquel dinero se podría haber pagado medio piso o un buen coche, ahora no valía nada. Contó entre lágrimas que con el cambio que le dieron compró un kilo de mortadela.

32

Golf Park

LAS TRES SE DEDICABAN A LA COSMÉTICA. LAS TRES se acostaron con Manolo. Las tres veces mi madre se enteró.

Vivalda las trajo un domingo a la barbacoa. Ana, Laura y Francesca. Francesca era la madre, olían a perfume caro y llevaban unos bolsos excesivos. Lo que más destacaba de las tres eran las melenas rubias y los labios rojos; las pestañas postizas en la madre, los escotes en las hijas. Se ofrecieron a ayudar a poner la mesa. Mi madre frunció los labios. En media hora se habían hecho con la casa y habían conseguido transformar la tensa reunión bilingüe en un correteo de platos y un chocar de copas que incluía a todos y que incluso consiguió relajar la tensa y abstemia postura de mi madre. Laura hizo sonar un disco de Mina, Ana se quitó los zapatos y los colocó junto al frutero de la entrada, sobre una mesita de bambú, mientras la madre se apropiaba de un panameño de Manolo y se encendía un puro, recostada en una hamaca junto a las esterlicias del fondo del jardín. El Hijoputa y el novio de Viva no paraban de recorrer los escotes de las italianas parapetados tras sus gafas de sol. Manolo nos mandó al supermercado inglés a por más vino y nos autorizó a quedarnos con las vueltas, que aprovechamos para gastar en una partida de billar mientras las botellas reposaban dentro de un tiesto en el que crecía una palmera. La más guapa, según mi madre, era Laura, pero estaba clarísimo, según el análisis que también mi madre se había tomado la molestia de realizar acerca del comportamiento masculino durante la velada de ese domingo, que no era ni de lejos la más puta. La más puta era la madre, Francesca.

Tras los esfuerzos para echar de la casa a Oty, la presencia de las tres italianas supondría un reto que mi madre no estaba en condiciones de afrontar. Nunca llegó a saberse el orden de encame ni el tiempo que transcurrió entre uno y otro, pero mi madre cortó las esterlicias y vació el contenido del minibar la tarde en la que Manolo anunció que iba a abrir un cuarto restaurante: Los Tres Delfines. Juró que era por nosotros. Desde entonces mi madre se refirió a las italianas como las Delfinas.

Las reuniones con las Delfinas se ocultaban con visitas a la casa de Icod, unas obras inventadas y la mala salud de la hija de Kika. Nada más lejos de la realidad. Para no tomarse muchas molestias, Manolo optó por usar como picadero una habitación del hotel de Sergio. En un arrebato de ingenio, mi madre se apostó en un taxi junto al *parking* y cuando vio asomar el Mercedes negro dijo que lo siguiera. El destino final resultó ser el aparcamiento del Golf Park, donde mi madre, al parecer, había pasado la primera noche con Manolo. Dio la vuelta al edificio y comprobó que las ventanas tuvieran luz. La tenían.

El plan inicial del Hijoputa se torció. No sé si es el amor el que lleva a los celos, o si un exceso de celos puede conducir al amor. Elena Mélnik recorrió los dos caminos. Manolo aparecía puntualmente por casa y cuando lo hacía deslizaba un sobre en la barra de la cocina, cuyo contenido iba aumentando a medida que crecían los excesos con las italianas. Los calmantes dejaron de hacer efecto y entró en juego el martini. Viva confirmó las sospechas cuando se vio forzada a confesar ante la creciente paranoia de Elena. Durante las vacaciones de Semana Santa, hicimos el equipaje y cogimos un taxi al aeropuerto. De entre todas las ciudades que podría haber elegido, mi madre eligió Marbella. En lo único que yo pensaba era en volver a ver al hijo de Tamara. Aquella fuga me recordaba a la que emprendimos mi hermano y yo montados sobre los patinetes.

33

Herman y Ferdinand

Nunca quedó claro cómo se conocieron. Ferdinand tenía un aspecto impecable y una melena de pelo rubio ensortijado, llegaba a la altura de los hombros de Tamara. Había invertido todos sus ahorros en una *boutique* de complementos masculinos de lujo, en cuya trastienda dormía. Tamara pasaba alguna noche en aquel cuarto improvisado que separaba la tienda de la cama con un biombo con motivos orientales. Jamás accedió a que se instalara en su casa. No quería compartir su vida con más hombre que su hijo.

Herman no se había separado de Ferdinand desde el colegio. Sus vidas corrían paralelas, sus planes siempre eran compartidos, la decisión de instalarse en la Costa del Sol había sido tomada de mutuo acuerdo, las esposas elegidas como para que combinaran, los coches de la misma gama, los zapatos de la misma marca. Lo único que los hacía diferentes era el físico: Herman enorme, Ferdinand diminuto. La mujer del primero falleció al poco de cumplir los diez años la hija que tenían en común; la esposa del segundo lo abandonó por no poder satisfacer su necesidad de convertirse en madre. Herman se dedicaba a la reparación de yates y veleros, Ferdinand, al sector textil. Al primero no le podía ir mejor, el segundo naufragaba.

Mi madre llamó a Tamara tras meses de silencio y le contó entre lágrimas y vermú el dramón de las Delfinas. Tamara enumeró los encantos de Marbella, las hordas de nuevos ricos impresentables, la brillante hipocresía y la perfumada apariencia, el mar sucio meneando el lustre de los barcos, la incongruente vida social del puerto Banús y el confeti de la insustancialidad frivolona y la espuma inesperada del senil amor millonario. Mi madre sintió la ansiada bocanada de aire fresco y, seducida por las fantasías de prosperidad relatadas por la amiga, aceptó instalarse en la casa de un respetable viudo que vivía con su hija en una mansión a las afueras de Fuengirola.

La mansión era un caserón inmenso y descuidado rodeado de un jardín que se había vuelto loco a falta de atenciones y que el propietario veía de un encantador estilo inglés. La chimenea no tiraba, pero escupía, el agua fría salía caliente, y la caliente, fría y con barro. Un perro neurótico recorría a trote aquellas propiedades llenándolo todo de babas y porquería, la encantadora hija era una especie de *hooligan* que, al verse encarcelada en un poblado incívico en las proximidades africanas, había optado por vengarse del padre a golpe de descuidos venéreos y tatuajes a la vista. Todos los días se comía hamburguesas, menos los domingos que se comía *pizza*. Las sobras se las ventilaba Smoking, el perro.

A los pocos minutos de pisar aquella casa, mi madre se dio cuenta de lo estúpida que había sido.

El supermercado más cercano estaba a veinte minutos a pie, en medio de un bosquecillo de pinos que parecían estar fuera de lugar. Mi hermano y yo nos entreteníamos explorando la casa y hurgando por los cajones de la *hooligan,* recogiendo piedras de colores en el jardín, quemando piñas y tirando a Smoking a la piscina. No había nada más que hacer.

Mi madre decidió impresionar a sus anfitriones haciendo *pizza* casera; ante el entusiasmo desmedido del alemán y su hija, la rutina de la casa cambió: se pasó a comer todos los días *pizza* de la que hacía la ucraniana en el horno, y los domingos, hamburguesas. Las sobras se las seguía ventilando Smoking. Mi madre pasaba el día entero en la cocina, roja de furia: «Me dicen que acabo como la bisabuela y me desmayo, pero cincuenta años después, aquí me tienes, cocinando de nuevo para los nazis».

Los árboles del jardín hacían un ruido espantoso y no me dejaban dormir. Ante las burlas de mi hermano, cogí la costumbre de dormir con mi madre. Herman tenía obsesiones freudianas y estaba convencido que yo tenía algún tipo de fijación edípica con mi progenitora. Lo que no podía imaginarse es que las fijaciones las tenía más bien mi hermano con su hija, y lo que ni de lejos se le pasaba por la cabeza a nadie es que las mías las protagonizaba el hijo de Tamara. Pasó una semana infinita hasta que lo vi.

34

La casa de la Malagueta

El creciente hartazgo de mi madre mutó en brotes de mal genio y pérdida total del apetito. Llevaba semanas ignorando las llamadas de Manolo. Pero la mañana en la que nos castigó a la penosa tarea de pescar las hojas secas en la piscina y recoger las deposiciones de Smoking que minaban todo el jardín, vertió unos segundos de ginebra en el acostumbrado vermú, se puso las gafas negras, que siempre presagiaban asuntos de enorme importancia, y llamó al Hijoputa.

Apenas transcurridas dos horas, recibía la titubeante llamada de Tamara, que a su vez había recibido una monserga telefónica que combinaba zalamerías y amenazas por parte de Manolo, que había sido puesto al tanto por el Hijoputa sobre la conversación que este había mantenido con su ex no hacía ni un minuto. Tamara desembuchó ante el alegato de Manolo sobre nuestra irregular formación escolar. Añadió que Elena era una persona inestable y dominada por los celos, que eran el único sentimiento humano que él nunca había podido digerir y que, aun así, había hecho el esfuerzo de ver los de Elena como una muestra provinciana de amor desmedido a falta de mejores recursos emocionales. Tamara lo soltó todo: lo del alemán y su hija, el estado irascible en el que se encontraba sumida la amiga frente al cautiverio domiciliario y la falta de liquidez, la impotencia de no encontrarnos un colegio a mediados del curso, y la obsesión de Herman por las eslavas, comentario que produjo en Manolo una reacción similar a la que mi madre tenía con las Delfinas y que él no hacía ni medio minuto había desaprobado.

Mi madre insultó a Tamara de la forma más ofensiva que pudo y colgó el teléfono. Sonreía. Había conseguido lo deseado. Nos levantó el castigo de limpiar la piscina, «ni que fuera nuestra», exclamó, y nos ordenó que preparáramos la ropa para la cena. Aquello prometía.

Dejamos todas las cosas en la casa de los alemanes, salvo una diminuta maleta en la que mi madre guardó las joyas, el maquillaje y unas camisas nuestras. Me alegré de ver a Manolo, que nos esperaba junto a la verja de la casa, apoyado en un coche gris de alquiler. Mi madre lo saludó como si nada, con la sonrisa habitual que seguía al levantamiento de un castigo. Tanto las italianas como los alemanes son malos aliados, aunque en ese caso ella había ganado el pulso.

La primera parte del trayecto se hizo en silencio. Luego, mi madre puso su mano sobre la mano de Manolo que agarraba la palanca de cambios y le preguntó sobre lo que había hecho durante las semanas de nuestra ausencia. Él informó con solemnidad que las obras de la casa de Icod habían acabado. «Eso es bueno, por fin». Mi madre se inclinó y le plantó un beso. Entramos en Málaga.

Disertó sobre la aparente fealdad de la capital, sobre la Alcazaba a la que nunca había subido y se enroló a contar batallitas con su padre y hermanos entre los tendidos de la plaza de toros.

El apartamento estaba en un edificio con vistas a la playa. En el rellano nos topamos con una señora que se quedó rígida al ver a Manolo. Él le plantó dos besos y nos presentó, mi madre no dejó de fruncir los labios hasta que entramos en la casa. «¿Son tus hijos?» preguntó la desconocida, «como si lo fueran», contestó, «el rubio es idéntico al de doña Olivia» comentó examinando a mi madre. Al cabo de los años me enteré de que aquella mujer respondía al nombre de Josefa Flores González. A mi madre casi le da un infarto cuando se enteró de lo del Goya de honor.

Nos instalamos en una habitación que tenía el encanto trasnochado de una familia bien de los sesenta. Parecía que nadie había vivido allí desde la muerte de la abuela Olivia. La hermana de Manolo se trasladó a las Baleares, según él, a gastarse la herencia con la intención de hacer de mayor las locuras que no tuvo valor para hacer de joven. Nos sacó un álbum de fotos y nos dio permiso para hurgar en los cajones y los armarios. «Mirad la cara de gilipollas que tengo» comentó mientras señalaba una foto de su primera comunión. La abuela Olivia era mucho más guapa de lo que me imaginaba, la madre de Manolo, por el contrario, tenía un gesto equino que hacía gracia. Mi madre nos obligó a echarnos una siesta imposible ya que los gritos y los chirridos de la cama los podría haber oído el Hijoputa desde Tenerife.

Fuimos a comprar ropa para la cena. Mi madre se encaprichó de un collar que parpadeó con sus esmeraldas ante los atónitos ojos de Tamara en Los Tres Molinos, cuyo dueño era amigo de la infancia de Manolo. El despliegue de todo tipo de porquerías carísimas procedentes del mar que se hizo dejó al mal alimentado Ferdinand más que satisfecho. Mi madre lo pilló haciendo cálculos mentales sobre el coste de aquella comilona y sonrió descarada mientras pasaba una uña por la gargantilla nueva.

Esa fue la primera vez que vi a un hombre heterosexual seducido por otro hombre heterosexual. La mirada era de vertical adoración, la actitud de sumisión excitada. A lo largo de los años he buscado incansablemente causar la misma reacción en un determinado tipo de hombre predispuesto a la sorpresa fácil del peculio, y para desgracia de Jesús lo conseguí más de una vez.

35

Quinto y sexto de los cardinales

La lujuria es un tipo de gula. La gula, un tipo de lujuria. De hecho, creo que los demás pecados capitales surgen en torno a los ejes de la gula y la lujuria.

La soberbia es un tipo de lujuria del conocimiento, como el hartazgo después de una comilona a solas y que no se quiere compartir. De eso ando bien servido.

La ira es un tipo de lujuria célibe, al menos en mi caso, y tiene que ver con el desconocimiento. Todo acto de ira surge por algún tipo de incompatibilidad cognitiva con el interlocutor. Su relación con la gula atiende a la incapacidad de saciarse tanto uno mismo como la impotencia que produce no poder ofrecer comida al otro para que se sacie. La ira es tener hambre y a la vez estar a punto de reventar, y no poder aplacar ninguna de las dos sensaciones.

La avaricia es como pan para luego y es una lujuria futura. Viene con los años y la aparición de las primeras arrugas y las canas. También se da cuando uno sabe con toda seguridad que no volverá a ver a alguien. Entonces activa el modo avariento de la lujuria y quiere retener. La acumulación de documentación gráfica suele aliviar un poco, pero es como en el caso de Tántalo, es como cenar una bolsa de Cheetos. La satisfacción dura poco. Como lo mío con Misha.

La envidia es una variante de la lujuria avara. Es todo lo anterior pero en la mesa y la cama ajenas. Y tú no estás invitado. Empeora cuando tu pareja sí lo está. Como lo mío con Jesús.

La pereza es la culpabilidad que sigue a la gula y a la lujuria. Aunque es una señora traicionera y a su vez se alimenta de la propia gula y la propia lujuria y se muerde la cola y practica la autofagia de todo uróboro y conduce a las páginas porno y a la luz intermitente del frigorífico. La pereza es el último peldaño antes de reiniciarse el ciclo.

En casa siempre se ha comido largo y se ha follado ruidoso. La cultura eslava tiende a reprimir estos impulsos, y es precisamente esta la causa por la que prolifera la desmesurada ingesta del vodka. Después de un par de botellas desaparecen los remordimientos, y se come y se folla mucho más que en el resto del mundo, y mucho más largo y haciendo mucho más ruido. Las contraindicaciones de esta práctica de desinhibición tienen que ver con la ira, ese tipo de lujuria de la incompatibilidad cognitiva entre dos que se intentan comunicar. Suele acabar en broncas seguidas de hostias. En el mejor caso, de un buen polvo.

Mamá ha sido propensa a esto último, y la abuela, y el Hijoputa. Supongo que es algo congénito, y la culpa, como suele suceder en estos casos, es de los indoeuropeos.

Manolo por el contrario era propenso a lo largo y ruidoso de las comilonas y los polvos, y durante el tiempo que pudo se esmeró en instruirnos a mi hermano y a mí en esas artes, de orden más bien romano.

Mamá era, con los años cambió, como un cirio de papel. Manolo como una de esas candelas de los chinos que tardan días y días en consumirse. Supongo que son formas distintas de gula y lujuria. Es como la explosividad de Priválova frente a la resistencia de Kipchoge.

Antes de volver a Tenerife, Manolo invitó a Tamara, Ferdinand y Misha a cenar en la casa de la Malagueta. Cuando llegaron yo estaba ojeando otro álbum donde había fotos de Manolo de adolescente. El enorme torso velludo y la cara de rasgos infantiles que comenzaban a afilarse me produjo un ataque de avarienta gula, seguida de su variante envidiosa. Cuando llegó Misha me dio el de lujuria. Lo vi muy distinto. Como desengañado, con la cara de los que se han resignado a un trabajo mal pagado, a una novia fea y al vino de tetrabrik. Sentí cómo comenzaba a crecerme un agujero entre las piernas y perforaba las tripas y quería salir con un vómito invisible por la boca y la nariz y los ojos. Fue la primera vez que sentí esa dentellada de la lujuria y la gula perdidas. Esa fue la primera vez que envejecí.

Misha inspeccionó la vivienda con una curiosidad retrofuturista. Algo que tiene que ver, imagino, con el descubrimiento de un lujo envejecido al que en su momento tu entorno familiar no tuvo acceso. Misha comparó mentalmente la casa de su abuela con esa casa, las alfombras pobres con los tapices, los quinqués con las lámparas de pátinas doradas, la mesa oval para quince con el hogar encendido y las ollas ennegrecidas, y también envejeció.

Recorrió con los dedos una biblioteca de títulos idénticos encuadernados en piel que supo que jamás leería y se paró sobre el plástico oscuro de unos binoculares.

Yo me arrodillé sobre una silla apoyado en la baranda de la terraza. Él justo detrás, con mis piernas entre las suyas.

Nos turnábamos.

Primero miraba él y luego yo. No me dejó coger los prismáticos. Él los subía y los bajaba.

Yo estaba ciego.

Su olor no había cambiado.

36

La mecedora

Lo comparó con una cebolla morada y mi madre cogió el primer vuelo, al poco tiempo de volver a la isla.

Mi abuela curaba las enfermedades no hablando de ellas, y en varias ocasiones el silencio funcionó. Este no fue el caso.

Empezó a dormir del otro lado y no le prestaba atención salvo en la ducha.

Cuando no le quedó más remedio que prestársela, hizo a su hermana la del pueblo tutora de Nina y pasó a su nombre la casa y los ahorros.

Precisamente fue Marusya la que le contó a la abuela que una de sus tías tuvo lo mismo antes de la guerra. La abuela no la llegó a conocer. También fue Marusya la que lo describió como una cebolla morada, que si echa raíces no se puede arrancar.

Durante aquellos meses, mi madre iba y venía cargada como una mula de un país al otro. Se trajo la cubertería dorada y la mantelería de lino, las sábanas de seda que mi abuela llevaba atesorando treinta años, juegos de café yugoslavos, álbumes de fotos, ropa que aún le valía, libros en ruso, películas en ruso y las cosas que por aquellas no se podían encontrar en la isla: trigo sarraceno, guisantes secos, delicias turcas y *jalvá*. Se llevaba maletas enteras llenas de latas de marisco y pescado, fruta en almíbar, jamón del bueno, queso en aceite, chorizo del malo y toneladas de guayabas, aguacates y mangos. Todo aquello que la abuela nunca había probado.

Manolo se presentó un día con una cuadrilla que se llevó todos los muebles viejos que había en la antigua habitación de Oty. En su lugar, puso un armario robusto y una cama que ocupaba la totalidad del cuarto. En una esquina frente a la ventana colocó una de esas mecedoras coloniales, con unas patas muy largas y curvas que me recordaban a los trineos.

Los médicos prohibieron el viaje. No hubo modo de conseguir un visado. Mi abuela tampoco lo vio con buenos ojos. Estoy convencido de que pensó que si se iba al otro barrio la iban a quemar y a echar por el váter en un país extranjero.

La enfermedad duró años y los ires y venires de mi madre permitieron que Manolo retomase su relación con Ana.

Rebuscando en unas cajas en la casa de Tenerife, encontré hace unos años una bolsa con carretes revelados de fotos que yo no había visto. Las protagonizaba mi madre y un señor de cara plana. Eran para ponerles dos rombos y medio. La cuestión es que la cara de aquel tipo me resultó familiar, así que emprendí la búsqueda repasando todos los álbumes, los CD y los discos duros hasta que di con él. El tipo con el que se estaba enrollando en las fotos era el médico de la abuela, el mayor especialista en oncología de la ciudad.

Al poco de haber sido tomadas esas fotos, mi abuela encontró a mi madre llorando como una posesa en su dormitorio. Preguntó si le habían robado la cartera y mi madre contestó que no. Aquella noche fue la del primer galernazo. Una corriente abrió la ventana y una golondrina se coló en el dormitorio. Años más tarde, en *El amante* de la Durás, descubrí la misma escena.

El segundo galernazo no tardaría en llegar. Nadie usó nunca la mecedora. Ellos ya habían hecho mitología, aquí dentro.

37

Sobre el dueño ausente

Aquel año, salvo mi hermano, todos pasamos por el hospital.

Mi madre por lo mismo que la abuela pero en vez de como una cebolla se lo describieron como una aceituna.

Manolo por una serie de complicaciones que llevaba arrastrando desde hacía décadas con una hernia que se hizo sacando un pedrusco de la piscina de Icod. Lo ingresaron en la Candelaria y todos los días el Hijoputa, al volante del Mercedes negro, recorría los setenta kilómetros, con mi madre de copiloto y nosotros detrás, para llevarle bolsas de chuches y botellas de agua. Los dulces duraban lo que nuestra visita, pero el agua traía de cabeza a las enfermeras. El entubado Manolo escondía las botellas entre las piernas, enredadas en el hilo de la sonda, y decía «cógela ahora, si tienes cojones, cabrona», con todo aquello a los cuatro vientos ante la atónita cara de la enfermera.

A mí me operaron de una hernia testicular que me dejó doblado como un viejo. De paso hicieron algún arreglo de frenillo y prepucio. Aquel pasillo era todo chillidos y palabrotas. Un doctor pelirrojo y una enfermera anciana nos iban torturando con apliques de pomadas y tirones de piel sin cicatrizar. Era como un tizón en los bajos que no daba tregua. Nos ponían una rejilla de medio cilindro sobre la cintura para que la sábana no nos rozara. Me desmayé al levantarme de la cama después de un par de días postrado, cuando me quitaron los puntos, también, en el ascensor. La sensación de escurrirse, de abandono, como si todo se apagase de pronto fue agradable. De aquello me quedó una cicatriz que me recorre el vientre de cadera a cadera.

La primera vez que me acosté con Jesús la repasó con el dedo y le tuve que contar la historia.

Conocí a Jesús en Sevilla en casa de unos amigos, al poco de salir de la facultad. Lo único que no me gustó de él fue el nombre y cierta mueca que intentaba mostrar frescura y simpatía, pero no conseguía disimular el asco. Nos presentó Laura, una amiga que me había invitado a pasar el verano en su casa. Esa noche no estaba la Petricor, cosa que agradecí. Siempre había tenido más zarpa para los hombres que yo.

Era artista plástico. Y parecía estar pintado. Era un tópico de apenas veinte años.

Le brillaba la piel con la insolencia de los actos sin consumar y el sol de los hoteles de lujo. Llevaba prendas holgadas, de lino, que acentuaban la delgadez de los hombros, el descaro de los muslos, la curva insolente de la espalda que se arqueaba al son y al brillo de la copa inquieta. El pelo brillante y con raya, un bigote rojizo finísimo. Y los labios como una explosión de intenciones truncadas. Lo sabía. Lo supo desde el primer momento. Sabía que la mitad de los maricones que estábamos en la sala lo íbamos embalsamando con la mirada.

Lo apodé Cernuda. Y aquella fiesta del primer verano del milenio se puso muy años veinte. No podía parar de mirarlo mientras las continuas copas difuminaban los rostros y las estancias. Cuando comenzó a bailar me senté para observarlo.

Yo había terminado no hacía mucho, de forma drástica, con un imbécil. Un imbécil dócil e inofensivo, promiscuo por encima de sus posibilidades, carente de conversación y artillería. Un imbécil con el que dormí sin ganas durante los últimos meses de carrera. Así que no me apetecía conocer a nadie. Pero no pude dejar de mirar.

A los días supe por Laura que él estaba igual. «Es de esos que se crecen con el drama, ¿sabes?», comentó entornando los ojos. Al parecer se había enamorado de un chulazo con novia. «¿A quién no le ha pasado?», exclamó volviendo a entornar los ojos. Y a mí me vinieron a la mente mis supuestos heteros. El argentino con sus ojos cortazarianos y sus locuras de adolescente en permanente caída. Y el otro, el roquero, el de la larga melena rubia, biólogo, vestido siempre con ropa deportiva, tan atento, tan dócil, dueño de una timidez inversamente proporcional a sus atributos. Pobrecillo, pensé. No hay nada peor que gustar de los chulazos.

Alguien me levantó de la butaca para acostarme en un sofá de capitoné que me resultó terrible. Miré por última vez a mi Cernuda. Pedí que me llamaran un taxi. Supliqué a algún dios olvidado que me lo volviera a poner en el camino. No fui capaz de recordar la dirección de la casa de Laura. Hablé algo con el taxista, creo que en ruso. Y al día siguiente el pitido insufrible de mi primer Nokia me despertó en un hostal con aires tangerinos en algún lugar del laberíntico barrio de la Cruz.

La llamada anunciaba una entrevista. Me costó entender lo que me decían. La luz entraba a raudales. Estaba desnudo. Las sábanas olían a los anteriores huéspedes. Me habían seleccionado para una estancia artística. Una iniciativa disparatada de un autor de mucho prestigio y escasos méritos. Me citaban en Málaga en una semana. «La madre que te parió, Manolo, hijo, es que ni muerto paras», me dije mientras buscaba los bóxers. «Sí, ahí estaré, muchísimas gracias, no tengo palabras... Muchísimas gracias», seguí repitiendo después de que me colgaran. Siempre Málaga.

Me puse un pantalón que imitaba el *tweed* y una camisa blanca, zapatos marrones de piel, llevaba una carpeta con los papeles. No paraba de sudar. Atravesé el portón de un edificio señorial del siglo XVII, recorrí junto a un conserje un patio y un pasillo oscuro. Llegamos a un vestíbulo con cuatro sofás y jarrones con flores. Hacía un calor de justicia. El barullo de la ciudad se colaba por las ventanas abiertas. Me senté en uno de los sofás y comencé a repasar mi proyecto literario. Me lo jugaba todo a una. Me estaban temblando las manos y notaba la camisa empapada de sudor por la espalda. Era una estancia de un año con todos los gastos cubiertos y una pequeña cantidad mensual para gastos personales, o sea, para beber. Era un sueño… No podía fallar… No podía dejarme llevar por lo nervios… Tenía que sacarle partido a mi exotismo, a mis orígenes y al acento que no se correspondía con lo anterior.

Entró otro conserje: «Este se ha perdido, Antonio. Aquí te lo dejo».

Era él.

Era Cernuda.

Envuelto en una especie de poncho negro. Con esa luz bronce de la imaginería modernista. Unas gafas de sol para calmar los nervios y una carpeta inmensa bajo el brazo.

También lo habían llamado para la entrevista.

Parece que ha pasado una eternidad de todo eso. De su timidez y mi insistencia. Del cariño que nos tuvimos, que aún nos tenemos, pese al empeño en ocultarlo. Su cambio ha sido espiritual, el mío físico. Las pocas veces que hablamos no nos reconocemos. Yo por las cosas que me cuenta, él por lo que ve. Cada conversación es un acto de interpretación, de paleontología. Un acto desesperado en el que uno bucea en el otro y solo encuentra ruinas, restos de algo difícil de reconstruir, restos de una relación que incluso peligra en la memoria. Porque lo que fue se ha mezclado con lo que queríamos que fuese. Y de nuevo solo las mentiras forman esta enorme certeza. Las invenciones son lo único real que existe. Y este piso absurdo conectado por una escalera de caracol, dos cerraduras a ambos lados de la puerta, de las que yo solo tengo una llave. Y la voz de la Pradera en el tocadiscos cantando la canción que Chabuca Granda le escribió a su chica del servicio. *El dueño ausente* al fondo de una quebrada.

38

El vigilante de la máquina de refrescos

En la institución penitenciaria el momento más peligroso y violento del día tiene lugar durante los treinta minutos del recreo. Durante esa media hora el absurdo constructo jerárquico que rige todo sistema totalitario se despliega como un brillante abanico de cuchillas. Y hay muy pocos sitios donde poder esconderse.

La igualdad, en el peor de los sentidos, el gregarismo y el camuflaje son los mejores aliados. El problema viene si no tienes dinero para vestir a la moda del recreo, o si solo tienes un par de vaqueros y los repites, o si tu madre es un desastre y no se acuerda de meterte el bocadillo en la mochila, o si tienes pluma y ríes batiendo palmas, o si se te van los ojos tras el chándal apretado del macarra mayor del centro. Entonces empiezan los problemas.

La biblioteca es el mejor refugio en estos casos: tiene el acceso restringido y además está vigilada por un profesor. Hay silencio y libros. A veces, cuando hay muy poca gente y eres cuidadoso, se permite comer dentro. La otra opción son los pasillos donde se amontonan los empollones y las chicas, muy limpias ellas y muy pulcras, que siempre tienen algún secreto que contarse. Inconvenientes: hay que sentarse en el suelo, helado durante todo el año, hay poca luz y casi siempre hay imbéciles derrapando por un lado y por otro. La última opción, y la más drástica, es refugiarse en el patio pequeño. Aislarse junto a esos seres menores en todos los sentidos, rodeados por cuidadoras que intentan evitar caídas desastrosas. El patio de los alumnos de parvularios y los primeros cursos de la primaria. Es un extraño oasis de olores punzantes y llantos sin sentido. Hay un pabellón techado cuyo suelo, tapizado de juguetes, es un mundo paralelo que nada tiene que ver con el asfalto de la cancha, los insultos y los balonazos. En este patio menor se congregan dos tipos de criaturas, representantes superlativos de la rareza que oculta el centro de educación penitenciario: las que quieren ayudar a cuidar a los niños pequeños, y los que se entretienen hablando con las cuidadoras. El primer grupo suele estar formado por chicas. El segundo por chicos. Las del primer grupo suelen ser regordetas e imitar a sus madres. Los del segundo suelen ser maricones e imitar a sus abuelas.

Una de las peculiaridades del colegio al que nos llevaron después del Infierno III, fue la arriesgada idea de innovar con una máquina de refrescos isotónicos. No solo anclaron el aparato con tres vueltas de cadena a la pared del comedor, sino que se encargaron de chantajear a alumnos asociales u ociosos con algunos puntos extras en asignaturas poco relevantes a cambio de un servicio a la institución penitenciaria. De modo que durante los recreos se veía a algún esperpéntico alumno custodiar la máquina de refrescos, protegiéndola de asaltos vandálicos y esporádicos maltratos por parte de los alumnos más mayores y sedientos. En el caso de un enfrentamiento, sobra decir que la patada o el saqueo que no sufría la máquina lo sufría el desventurado vigilante. En esas circunstancias conocí a una de las primeras personas del centro que, al igual que yo, se había cansado de disimular su mal llevado afeminamiento y lo lucía con valor e incluso orgullo. El defensor de la máquina se llamaba Jaime y lo llamaban el Baifo, porque su familia se dedicaba a la agricultura y Jaime, más allá de sus accidentadas actividades académicas, pasaba las tardes de los miércoles, viernes y sábados en la plaza de abastos municipal. Vendía hortalizas y quesos y tenía una extraña habilidad con las matemáticas pero solo a pie de calle, las sumas y restas que tan mal se le daban en clase, las sacaba con sorprendente rapidez a la hora de aplicar el pulgar sobre la báscula de su puesto. Llamaba al fruto de aquellas labores la paga semanal y había descubierto que si prestaba un euro en el colegio y solicitaba una pequeña comisión al cabo de algunos días al deudor podía incluso multiplicar los frutos de sus hurtos.

Su especialidad era llevarse bien con los macarras del colegio, en especial con los más guapos y apurados económicamente. Jaime prestaba euros acompañando el gesto condescendiente con una palmada en el hombro y un «ya me lo devolverás, mi niño, cuando tú puedas». Su risa era un estruendo acompañado de palmas sonoras y lagrimones como alpargatas. No podía evitar devorar los paquetes adolescentes en los vestuarios de educación física. Al poco de conocernos me confesó que el sonido de los eructos y las ventosidades le hacía vomitar, pero estaba dispuesto a ese sacrificio siempre y cuando se lo hicieran entre dos o tres quinquis en el mismo cubículo del retrete. Con los años supe que eso era el preludio de otras actividades que lo alejaron de los estudios y lo condenaron al puesto del mercado. Compartíamos miradas silenciosas sobre el atractivo de este o aquel compañero, y jugábamos al parchís y nos reíamos hasta enronquecer. Fue la forma primera de aceptarnos a nosotros mismo y que nos aceptaran. Éramos el Baifo y el Plumas. Pronto se aburrieron de meterse con nosotros y nos ganamos el respeto haciendo préstamos y dejando copiar los deberes respectivamente. Aquella era nuestra lucha.

39

Cum edere

Lo que realmente me gusta es cocinar. Escribir me entretiene, me sale de una forma más o menos natural, a diferencia de las reuniones del claustro o las correcciones de los exámenes, o las visitas de los padres en las que finjo ser serio y amable. Enseño el trabajo en grupo pero no lo concibo. En la cocina no, en la cocina yo mando, soy autosuficiente, una pequeña autarquía en la que exijo música y vino y conversación y risas, pero nada de meter la zarpa en el puchero como hace la Petricor, como mucho me pelas los ajos, que no hay cosa más asquerosa que los dedos pegajoso y las uñas malolientes. Esa es tarea de invitados.

De pequeño le decía a la abuela que yo quería ser cocinero y era sorprendente que aprendiera con apenas cinco o seis años a hacer masas de empanada y a levar el pan y a cerrar los *pelmeñi* con un repulgue perfecto. Acaso era la ausencia de comida lo que me llevó a establecer un lazo muy estrecho con los alimentos y su preparación. Mis estados anímicos también se relacionaban con la comida y bastaba un pastel de manzana o un plato de arroz con tomate para que me sintiera triste. En esos casos intentaba pensar en las sartenes con huevos fritos y las ensaladas, en las frutas recogidas en el jardín a un lado de la casa del pueblo y las compotas de guindas y ciruelas y la panceta frita con tomates verdes.

Ese fue uno de los primeros choques culturales: el asco que los niños les hacían a la fruta y a la verdura, que a los de Europa del Este sigue pareciéndonos un lujo. Como aquel niño saharaui que mamá se trajo un verano y alucinaba con los grifos del agua caliente y con los yogures. Decía que las frutas sabían a los distintos colores de los yogures.

En la carrera me enseñaron a distinguir entre manducar y comer. El que manduca lo hace necesariamente con cierta prisa, con avaricia, pasa como en la cama; el que manduca se preocupa de repostar y evita por lo común compartir el alimento. El que come necesariamente comparte, y se toma su tiempo y no sufre con que la comida se enfríe o con que le quiten la última croqueta. Durante las comidas suele haber siempre algo más y una comida tiende a empatar con la otra, a prolongarse tanto en el tiempo que logra detenerlo, y convertirlo en eso que llaman momento kairós, una especie de espasmo temporal que actúa en contra de su propia definición, se retrae, rebobina.

El Hijoputa devoraba. Manolo hacía gala de la comida, lo importante era que sobrase. Al hijoputa le faltaba siempre. A la abuela sin embargo le pasaba lo que a mí ahora, que una vez acababa de cocinar se le quitaba el hambre.

Mamá ni cocinaba ni comía. Mamá ayunaba. Luego los médicos le dijeron que era anoréxica. Pero ella se empeñaba en decir que no, ella era una mística, una santa, Dios le había dado el don de las lágrimas y la capacidad de no tener que ingerir alimento.

Los inviernos eran duros. Cortaban el agua y la calefacción. La abuela calentaba agua en peroles y rellenaba bolsas térmicas y botellas de Coca-Cola y las metía en la cama, dormíamos a veces los cuatro juntos, acurrucados entre las botellas con un radiador que apenas se hacía sentir y los abrigos de visón sobre las mantas. Éramos felices cuando no estaba el Hijoputa. Luego mamá nos mandó los nórdicos de pluma que eran mucho más calientes que los abrigos de visón y al poco fuimos a la matanza, al pueblo. Iban una vez al año, pero nunca con nosotros, nosotros nos quedábamos con la tía Nina esperando a que volvieran con sacos de patatas y cebollas, y tocino en botes de seis litros cubiertos de sal, y salchichones ahumados y morcillas. A cambio llevaban botellas de refresco y tabaco industrial y bolsitas de té.

El último invierno comenzó cuando la abuela desenchufó el frigorífico a principios de noviembre. El Hijoputa tenía problemas en el trabajo y no soportaba la idea de que mi madre estuviese sola en otro país, lejos de sus redes. Fue un invierno especialmente duro y la abuela le pidió ir al pueblo a por un par de sacos de patatas y carne de la matanza. Accedió a regañadientes. Cuando llegamos descubrí que el pueblo también era una fiesta en invierno. En la casa estaba encendido el horno de carbón y hacía un calor sofocante, las ventanas dobles, decoradas con cisnes de algodón y estrellas plateadas, se empañaban y hacíamos círculos con el dorso de la mano para ver lo que ocurría en el patio, no nos dejaban salir por el frío y los gritos de los cerdos. Pasamos una noche en casa de la hermana de mi abuela, con mis primos, espiando detrás de las puertas del comedor cómo los mayores se emborrachaban en la cocina y jugaban a las cartas. Olía a longaniza frita y a eneldo, y a caballa ahumada y a té de fresas.

Cargamos el coche hasta arriba con sacos, la tía abuela se empeñó en que nos lleváramos también huevos y leche. A veinte kilómetros el coche se quedó atascado en la nieve. La abuela se puso melodramática y sentenció «bueno, me salvé de morir de frío en la guerra, pero de esta creo que no salimos». Mi padre se pasó dos horas quitando nieve de alrededor de las ruedas con una pala de juguete que utilizábamos cuando íbamos a la playa y que encontró en la guantera. Mi abuela nos apretaba contra el pecho y decía que nos íbamos a morir helados. La tía Nina callaba y tarareaba algo entre dientes. Pasó un campesino con una vaca y dijo que iba a avisar a alguien que vivía a pocos kilómetros. Poco antes del atardecer vinieron unos hombres con dos caballos y lograron sacar el coche del socavón. Nos recomendaron volver por donde habíamos venido y así hicimos. Pasamos otra noche más espiando a los mayores emborracharse en la cocina y jugar a las cartas.

Al día siguiente la nieve se había derretido un poco. Al llegar, descargamos la comida en la cava del patio. Cada vecino tenía una especie de agujero hecho en el suelo, que se cerraba como una trampilla y al que se accedía mediante una escalera. Era la nevera de los inviernos y era del todo común en los patios soviéticos.

Esa noche mi abuela se apoyó en el alféizar y suspiró aliviada. «Por lo menos tenemos comida, hijo», me dijo alborotándome el pelo.

A la mañana siguiente descubrió que la cerradura de la cava estaba forzada. Se sentó en una banqueta delante del horno abierto, que era la calefacción de la cocina cuando cortaban la calefacción central y se puso a llorar. «Ni un saco de papas nos subimos, ni un bote de tocino…» no paraba de repetir.

Bajó al patio y preguntó a las vecinas si alguna había oído algo de madrugada. Todas negaron pero clavaron su mirada en las ventanas del primero. Las ventanas de los hijos de la pianista y el alcohólico.

La abuela entró en el dormitorio de mi padre y le dijo con voz tajante que se iban otra vez al pueblo. Esta vez solos. Volvieron cargados de nuevo. Pusieron dos candados nuevos a la trampilla de la cava.

Cada vez que nos encontrábamos con la pianista en la escalera agachaba la mirada.

40

Suspiros de Ucrania

Llevaba meses dando por saco con la copla. Un programa de Carlos Herrera me había hecho descubrir un ritmo que ponía banda sonora a mis incipientes interioridades.

La abuela había empeorado repentinamente y mi madre cogió un avión a toda prisa, temerosa de no llegar a tiempo. Manolo aprovechó el viaje para reencontrarse con la menor de las italianas con el fin de estrenar una vez más la cama del dormitorio de mi madre. Recuerdo una extraña intimidad durante aquellas semanas. Tanto la italiana como Manolo iban comprando nuestro silencio a golpe de caprichos y regalos, para que no se nos ocurriese soltarles prenda al Hijoputa o a mi madre. Las conversaciones telefónicas sucedían bajo una sutil vigilancia en la que Manolo no nos quitaba ojo de encima y Ana se paseaba por el salón de la casa procurando no hacer ruido enfundada en un cortísimo batín de seda.

Cansado de mi insistencia, Manolo se plantó un día en nuestro cuarto y dijo que nos íbamos al norte, a un centro comercial, a comprar el nuevo disco de Carlos Cano, que era un señor muy bueno que cantaba copla, «pero no copla de esa bruta —puntualizó—, sino una copla nueva, elegante…». El casete se llamaba *Mestizo* y la carátula era verde. Quise ponerlo en el coche, pero Manolo no me dejó. «Mejor en casa, niño, que se oye mejor en los altavoces grandes». Esa tarde nos acompañaba Ana. Al anochecer, al poco de salir a la autopista, Manolo tomó un desvío y aparcó en un McDonald's. «Vamos a comer algo, chicos» nos dijo sin aliento «luego llevas tú el coche» le dijo a Ana. Recuerdo aquella comida muy tensa, los tres estábamos como expectantes, analizábamos todas y cada una de las palabras de Manolo. Forzábamos sonrisas. Habló de las magníficas máquinas de comida rápida de Nueva York, donde al fin consiguió acabar la carrera durante los años setenta. Yo hubiese jurado que en esa época debía de estar en Holanda pero reprimí mi pedantería. «Te ponían un pollo entero y una cerveza de un litro por un par de dólares». Ana nos miró con preocupación cuando Manolo no consiguió acercar unos centímetros hacia la mesa la silla de plástico.

Hicimos el resto del viaje en silencio. Manolo dormitando en el asiento de copiloto mientras Ana corría como una loca. Nunca me quedó claro si por quitase todo aquel marrón de encima lo antes posible o por llegar cuanto antes a casa donde estaban las pastillas del corazón. Creo que más bien lo primero. En cuanto aparcó en el descampado se bajó del coche, le dio las llaves a mi hermano, un beso apresurado a Manolo y nos dijo que tuviéramos cuidado que ella llegaba tarde a una cena con su madre y su hermana.

Al entrar en la casa vimos cómo se quitaba la camisa y la faja que liberaba la hernia. Suspiró aliviado y nos sonrió. Parecía estar mejor. «Por qué no vais por la compra» nos sugirió «si no podéis con todo, en dos viajes».

Caminamos por un angosto callejón revestido de piedra pómez en cuya parte superior colgaban plantas exóticas. Era una parte del residencial que nos encantaba atravesar de noche. Por algún motivo los gatos también preferían ese enclave, acaso por las vecinas inglesas que les dejaban comida cuidándose de que no las pillara el segurata. Era un cubano sesentón al que mi madre solía invitar a chinchón. «Oye, deberíamos volver, a ver si le va a dar un infarto al viejo» soltó mi hermano parándose de pronto. Nos miramos un instante. «Anda, anda, no digas tonterías» le contesté intentando ahuyentar la imagen de mi cabeza. No hablamos el resto del camino. Abrimos el Mercedes y descargamos todas las bolsas. Me ardían las palmas de las manos por el peso. La vuelta la hicimos corriendo, mi hermano delante, con más bolsas que yo y las llaves tintineando en los bolsillos, yo detrás.

Había encendido las lámparas de las distintas mesas y abierto la terraza. La brisa movía las cortinas roídas. Mi madre estaba cansada de cambiarlas, la corriente las desgarraba en pocos meses con unos cortes verticales perfectos. Dejamos las bolsas en la entrada, debajo del cuadro holandés que representaba a un niño subido en una silla, vestido como un juez, con una manzana en la mano.

Sonaba una mezcla de copla y *rock*. Una música muy particular, como de película de risa.

Mi hermano se quedó helado tras el sillón de orejas que ocupaba Manolo. Estaba de espaldas a la entrada, solo pudimos ver que apretaba la cabeza contra el respaldar. Dimos la vuelta. Se agarraba a los brazos del sillón, los ojos apretados, los músculos del cuello tensos. Le grité que llamara a la ambulancia. Me gritó que no sabía el número. «Sube a recepción y se lo dices a Marta». Dejó la puerta abierta y lo vi correr. Manolo abrió los ojos e hizo un movimiento mínimo, como de negación. Me fijé que llevaba dos parches redondos y transparentes en el pecho. Era nitroglicerina.

Carlos Cano seguía cantando *Verigüés fandando, / güán, tu, tri fandango / si yo me arremango / contigo fandango, fandango cañí. / Maruja Pérez Limón / volvió pal 92 / a la Expo de Sevilla…*

PARTE III

«Esto es mariconería», dijo mi madre cuando se enteró de las escribideras de Celestino. Y esa fue la primera vez que se tiró al pozo.
«Antes de tener un hijo así, prefiero la muerte». Y el agua del pozo subió de nivel.

Celestino antes del alba,
Reinaldo Arenas

Por su parte, entabló con David una amistad entrañable y llegó a quererlo como a sí mismo. Tanto lo quería que hizo un pacto con él: se quitó el manto que llevaba puesto y se lo dio a David; también le dio su túnica…

1 Samuel 18: 2-4

41

La escalera

No me acuerdo de nada. Era la primera vez que me pasaba. Los vi entrar y sentí como se me torcía la boca hacia el lado derecho. Nada más. No recuerdo nada más. La Petricor dice que la llamó él mismo. Que se puso lo primero que pilló y en el metro se dio cuenta de que llevaba las zapatillas de andar por casa, pero no quiso volver. Que la gente no paraba de mirarla. Qué hija de puta más egocéntrica. Abrí la puerta y ahí estaban ellos. Igual que aquella vez, en segundo o tercero de carrera, en la que abrí el portón y se me cayeron encima Edu y la puta del Manitos. Lo llamábamos el Manitos porque sus diez dedos parecían meñiques, aunque el tío luego iba presumiendo de grandezas. Qué obsesión la mía con las manos y con las narices, y con las rodillas, con las rodillas cuadradas, las rodillas musculosas. Cuando los vi me paré en secó, sus risas se cortaron al verme. Me parece haber escaneado su piel centímetro a centímetro, durante horas, como si quisiera retener cada detalle de su anatomía. Y luego una mirada rápida de reproche a Jesús. Y nada más. No recuerdo nada más.

La Petricor dice que me abofeteó en la escalera y que luego se sentó a llorar conmigo. Cómo le gusta ser la protagonista, madre mía de mi alma. Dice que encontró la puerta abierta y a mí sentado en el primer escalón, con las rodillas a la altura de la cara, la mirada perdida, y las llaves tintineando en las manos.

Tras ese segundo en el que nuestras miradas se encontraron vi como Jesús rejuvenecía de pronto. Se le iban las patas de gallo y se le volvían a poner los pómulos en su sitio, estaba igual que aquel verano en Málaga, la primera vez que fuimos al Pimpi y paseamos luego por la playa, él empeñado en que no se iba a quitar los zapatos y yo con el pantalón de lino remangado por encima de las rodillas. Que los pies son la parte más íntima de un cuerpo, decía, y no paraba de devorar con la mirada los de los bañistas que venían a nuestro encuentro. Yo le pregunté que qué le parecían los míos y contestó que horribles, que no había visto unos pies más feos en su vida. «¿Cuántos has visto?». «Pocos», reconoció. Me empeñé en caminar descalzo por media Málaga y él sufría a cada paso que yo daba y me decía que eso no se le puede hacer a un hipocondríaco.

Y en ese momento en el que él recuperaba ante mis ojos toda su juventud yo sentí que envejecía veinte años. Sentí como se me pasaba la sed, las ganas de explorar un cuerpo desconocido, la necesidad de escribir, de transmitir mi forma de ver el mundo. Todo dejó de tener sentido. El presente y el futuro dejaron de tener sentido. Solo existía esa conversación incómoda. Una sonrisa forzada por su parte. «Tú eres el amigo de Laura, ¿verdad?». «¿Nos conocemos…?». «Sí, de la fiesta del otro día, en Sevilla». «Oh, tú eres el que se durmió en el sofá». Y tres días de silenciosas miradas en el comedor. Indiferente él; yo haciéndome el digno, el serio, el ocupado, como esas personas que fingen prisa porque les da vergüenza asumir que no tienen nada que hacer, y esa prisa fingida en el fondo es un reclamo de atención, una súplica para que alguien les haga caso, los detenga, los obligue a parar. Él lo llamaba quietud agitada. Y yo era una persona que se esmeraba en estarse quieto y en disimular su agitación cada vez que coincidíamos en un espacio. La segunda vez fue casual, yo estaba en una terraza de la calle Larios y él venía de frente, hablando por teléfono. Yo me refugiaba tras la copa, él tras la llamada. A pocos pasos de mí se le acabó el saldo, soltó una maldición y nuestras miradas se encontraron. Nos quitamos las gafas de sol a la vez. Sonaba una canción espantosa de Zucchero. Lo vi en la puerta como entonces, ahora que de casi todo hace veinte años.

—Quieres quitar esa basura, Petri… ¿Qué… qué coño es exactamente?

—Se llama *La chica danesa*, y a mí que nunca me han gustado las mujeres, aquí por alguna razón…

—Eso es transfobia, maricón.

—Y lo tuyo ha estado a esto de ser un ictus. La Jesús me ha llamado como siete veces.

—Que se joda.

—Hija, hay formas más fáciles de arruinar un polvo, tampoco te tienes que caer muerta en el rellano.

—La culpa fue mía por acceder a comprar el ático.

—Ya te dije que eso fue una gilipollez, y encima a su nombre.

—Se lo voy a comprar. Me quedaré sin ahorros, pero caerá, no podrá decirme que no.

—¿Y el otro es como tú o es rico? Porque oye, si es rico quizás…

—Qué hija de puta eres, Petri, no me extraña que estés sola.

—Oye, guapa, que tú también estás sola. Y tú al menos me tienes a mí, pero yo a quién tengo.

—¿Se te ha muerto el becario o qué?

—No, coño, en casa lo he dejado, pero ese no cuenta… Quería venir, ¿sabes? En el fondo te tiene mucho aprecio.

—¡Entonces me hubiese dado el ictus seguro! Lo que me faltaba.

—¿Te acuerdas de algo? Qué susto más grande, David, a mí no me vuelvas a hacer esto.

—No, no me acuerdo de nada.

Me encontró llorando en mi cuarto. Con las habaneras de Sevilla de fondo, hacía un calor espantoso, dejé la puerta y la ventana abiertas, pero me enrollé en una manta verde de felpa. Sudaba y temblaba de frío. Entró en silencio, apenas oí sus pasos. Dejó la puerta abierta. Un barullo lejanísimo se metía desde la calle. Yo no quise abrir los ojos, pero supe que era él. Noté cómo se sentaba en la cama primero y luego se metía debajo de la manta. Tenía los pies helados. Los metió entre los míos. «Los cuerpos son terapéuticos, ¿sabes?», susurró.

42

La golondrina

A los pocos días de volver a la casa familiar, Elena Mélnik decidió quedar con el Negro. Le decían el Negro por su apellido y se conocieron en una fiesta universitaria. Elena acababa sus estudios de ingeniería mecánica, él iniciaba su carrera como piloto. Años más tarde Elena se arrepentiría de haber sido tan inflexible y de no haber accedido a lo que su íntima amiga Olga sí accedió con funestos resultados para los tres. Quedó embarazada y los padres insistieron en celebrar una boda a toda prisa. Él no fue al hospital cuando nació la criatura y se negó a elegirle un nombre. Para Elena, después de la muerte de su padre, este había sido el episodio más doloroso de su vida. Casi veinte años después accedía a volver a verlo. Le llevaba el mismo perfume que le regaló en su primera cita.

Gala Mélnik estaba más guapa que nunca. Los médicos dijeron que el diagnóstico era adverso, que no albergaran esperanzas en una mejora. Elena compró a su madre una peluca rubia que le llegaba hasta los hombros y se fueron de compras. Durante aquellos meses las confundían y pensaban que eran hermanas. Gala entendió que no iba a salir de aquello y aceptó el cristianismo, tan atea ella, y por primera vez en su vida sucumbió a los caprichos más tontos, como el de comprarse un abrigo de piel o beberse una botella de vino de una sentada. Elena quedaba todas las noches con el Negro. La enfermedad de la madre le había proporcionado una inesperada segunda juventud. No sintió culpa por ello, intentaba estar pendiente de la madre y de Nina, llamar a diario a Manolo y a los niños. El final inminente le daba cierta tranquilidad. Y también pensar en la italiana cada vez que se acostaba con el Negro.

El Negro acudió al paritorio cuando se enteró de que Elena había tenido mellizos. Una señora de ceño fruncido le preguntó que quién diablos era y él contestó con su habitual sentido del humor que era el padre de los niños, quién iba a ser si no. La mujer resultó ser la suegra de Elena y nunca pudo dejar de preguntarse si aquella broma tendría alguna base real. El Negro, pese al apelativo, era un hombre alto de piel pálida, de escaso pelo rubio y bigote pelirrojo. Los niños se le parecían más que al supuesto padre biológico.

Elena regresó tarde aquella noche. Gala la esperaba con gesto compungido frente a una botella de tinto y unas conservas de pescado. No le dio tiempo a saludarla cuando sonó el teléfono.

Elena se encerró en el cuarto y al segundo de descolgar, algo negro y un poco más grande que la palma de la mano se metió por la ventana abierta, dio tres vueltas por la estancia y se posó en la cortina de tul. Elena pensó que era un murciélago, pero solo era una golondrina. La atrapó con las manos, con la esperanza de que el pájaro no se le muriese en las manos. Sentía un latido frenético entre sus manos. Soltó la golondrina y volvió a coger el teléfono.

Al otro lado la voz del padre de sus hijos, lenta y melosa, incapaz de ocultar cierta felicidad, le dijo:

—Han estado más de cuarenta minutos y se acaban de ir. No se pudo hacer nada. Ya era hora, era el quinto.

Gala acabó la botella de vino y entró sin llamar. Había estado un buen rato oyendo los sollozos de su hija desde el otro lado de la pared.

—Te han robado la cartera, ¿verdad?

—No, mamá, no. —Sonrió entre lágrimas—. Manolo ha muerto de un infarto.

43

Ria

NO HUBO MODO DE QUE QUITARA EL DISCO DE Carlos Cano. Sonó mientras llegaba el vigilante cubano y llamábamos a Ana para que viniera. Ana llamó a Shura y a Vivalda, y estos avisaron a José Luis que vino con Kika desde Icod.

Nunca había visto llorar a alguien de ese modo. Pese a la edad y el sobrepeso que tenía, se arrodilló en el suelo y no paraba de repasarle el rostro. Se le salió el zapato derecho y se le subió la falda azul marino que dejó unas piernas gruesas cruzadas de varices a la vista. Los gritos eran terribles y nos sacaron a la terraza. En ese momento llegó Sergio borracho y exigió que levantaran del suelo a Manolo, que no había derecho a aquello, que estaba en su casa, y no paraba de maldecir en italiano. A los pocos minutos la realidad se impuso al efecto de la *grappa* y se unió a Kika en el suelo. Eligieron un traje azul y una camisa blanca. Unos zapatos de piel, sin talón, porque no le cabían los pies en otros. La mitad de las cenizas debajo del drago, y la otra mitad al mar, sentenció Kika y nadie se atrevió a rebatírselo. Nos dijeron que nos lleváramos las mochilas, que mañana había colegio, y que íbamos a pasar la noche en casa de Vivalda y Shura. A nadie se le ocurrió preguntarnos cómo estábamos. Solo preguntaron si queríamos ir o no al funeral. Yo dije que no. Le ofrecí un vaso de agua a Kika, le dije que lo sentía mucho. Y ella me sonrió con amargura. Entonces me di cuenta de que yo le daba mucha más pena de la que me daba ella a mí. Se sentó en un sillón frente a Manolo y le habló después de sonarse la nariz con el faldón de su blusa.

—La niña está enferma, Manolito —dijo mirando el cadáver mientras clavaba los codos en las rodillas hinchadas—. La dejó preñada un subnormal de Icod, Manolito, el hijo de la Cande, y encima le ha pegado el sida. Que se lleve el banco la casa de Esterlizia, yo ya no puedo más —dijo esta vez mirando a José Luis—. Mañana nos vamos a Málaga.

Se llevaron un reloj Omega de oro y unos gemelos a juego, que eran del padre de Manolo. Se llevaron los dos coches y las tarjetas de crédito. Un señor delgado llegó poco antes que los de la funeraria y dijo que como era natural aquí cada uno quería su parte. Kika se llevó un par de camisas de seda y un cuadro pequeño en el que salía una chica pelirroja con la cabeza vuelta hacia atrás, como respondiendo a la llamada de alguien.

—Este fue el primero que robamos, él decía que era igual que Ria.

Recuerdo a Vivalda en camisón haciéndonos la cena. A Shura con un bóxer negro y un pecho sorprendentemente velludo y musculoso apoyado en el marco del dormitorio. Nosotros sentados en el sofá. La tele muda.

Al día siguiente nos llevaron al colegio. En la segunda hora de clase el recuerdo de Manolo me asaltó como un jarro de agua fría. Y sentí algo que no había sentido hasta entonces, algo que tampoco se ha vuelto a repetir. Una especie de anestesia que se iba desvaneciendo, como si mi propio cerebro fuese capaz de gestionar ese cúmulo de emociones, como si fuese capaz de anularlas y volverlas a activar cuando considerase que era capaz de afrontarlas. Había mucho silencio en la clase, era consciente de que todos me miraban. Rompí a llorar y me sacaron al patio, me dijeron que si quería que me acompañara alguien y dije que sí, un chico francés que consideraba mi mejor amigo. Fue la primera muestra de amistad verdadera, tuvo que pasar por un mal trago.

Luego llegó la jefa de estudios y me dijo que llorara todo lo que quisiera, que eso no era malo. La jefa de estudios se llamaba Emilia y era una mezcla de severidad y empatía. Había algo autoritario pero a la vez muy cercano en su voz y en sus gestos, rotundos y suaves a la vez. Esa fue la primera vez de muchas en las que Emilia me salvaba de mí mismo.

Mi madre llegó a los dos días. No le dio tiempo de asistir al funeral. Yo me levantaba del sillón periódicamente y rebobinaba la canción de *Verigüés fandango* y volvía a sentarme. A los pocos días se murió Lola Flores. Cuando pienso en el funeral de Manolo pienso en el de Lola, que vimos por la tele. Y en la cara de Carmen Sevilla detrás de las gafas. Y la hija enfadada con todo el mundo, como me hubiese gustado enfadarme a mí.

Ana vino a los pocos días y me dejó su teléfono. Vivalda tuvo que meterse entre Ana y mi madre para que no le arrancara la cabeza. Mi madre estaba convencida de que Manolo la había palmado por culpa de la mala vida de Ana.

La acompañé hasta el coche y le pregunté por Kika. Ya está en Málaga, estará bien. ¿Su hija es de Manolo, verdad? Ana sonrió con amargura y me dijo que Manolo era un cabronazo machista.

Nunca llamé. Nunca supe nada de ellos. Nunca me quedó claro el silencio de Manolo, ni el amor callado de Kika, ni los motivos de Ana, ni el interés de José Luis.

Unos meses más tarde la casa estaba irreconocible, mi madre se empeñó en cambiarlo todo de sitio y encerrar los objetos de valor en el dormitorio pequeño. Las paredes desnudas eran un reflejo de su propia devastación. La odié por esa especie de luto que nos impuso, el gotelé blanco y los rectángulos de los cuadros que no paraban de recordarme la ausencia de Manolo.

Una mañana se plantaron unos señores y dijeron que teníamos que irnos. Manolo era usufructuario de esa casa, que pertenecía a Ria y unos sobrinos la habían reclamado.

Esa mañana me sentí la persona más vieja del mundo. No teníamos a dónde ir.

44

Volver para qué

Tras la muerte de Manolo dejó de comer. Elena Mélnik se mantenía a base de café y oraciones. Poco antes de que viniesen el perito y el abogado que le notificaron que disponía de unos meses para abandonar la casa de Albatros, murió Gala.

La historia volvió a repetirse y al igual que Gala no vio morir al marido, Elena tampoco la vio morir a ella. Sabía que el final era inminente, sabía que su hija no iba a aguantar el golpe y se inventó que quería una ensalada de aguacate. Sabía que no los iba a encontrar.

Insistió en mantener una última conversación. La morfina ya no hacía efecto. No quería irse sin que lo supiera la hija, quería confesarlo antes de reencontrarse con Gregori, era necesario verbalizarlo. Gala confesó que durante años estuvo viéndose con otro hombre, con su jefe. Y aquello había hecho enloquecer a Gregori, que se dio a la bebida. Le pidió a la hija que no hiciera lo mismo y que volviera con el padre de sus hijos, porque podría pasarse el resto de sus días arrepintiéndose. También le pidió que cuidara de Nina. Y la apremió a que fuera por los aguacates.

Elena no quiso abandonar el barrio, tampoco quiso quedarse en el piso, aunque algunos íntimos se lo aconsejaron. No podían echarla sin ingresos y con dos hijos. Decidió reconciliarse con su exmarido, tal y como había prometido a la madre.

Decidieron enterrar el hacha de guerra y no hablar ni de la profesora ni del difunto Manolo. Pero no lo consiguieron.

La situación comenzó a ser insostenible. Había algo que le impedía dormir, pero tampoco conseguía salir de la cama. No era capaz de cubrir las necesidades básicas de sus hijos, pero tampoco era capaz de levantarse a buscar trabajo. Se aferró a una fe ciega e intuitiva, y al hambre como súplica. Perdió a los pocos amigos que tenía y comenzó a vagar por las playas rocosas de aquella cárcel miserable rodeada de campos de golf. Estuvo varias veces tentada a tirarse de un risco que se precipitaba sobre una playa negra de piedras, pero aquello tampoco lo aprobaba su Dios, de modo que decidió abandonarse al llanto y al narcótico de las esperanzas. Cuanto más pedía a ese ser que la ignoraba más cosas le hacían falta. Cuando más predispuesta estaba a retomar la relación con aquel ser detestable, peor vida le daba este. Porque consideraba que había llegado el momento de vengarse por su hombría herida, por los cuernos consensuados con fines poco claros y las labores denigrantes a cambio de un puñado de pesetas y un trozo de carne regado con buen vino. Aquel hombre que él había admirado y odiado a partes iguales estaba muerto, sus cenizas esparcidas a los cuatro vientos, sus pertenencias metidas en apenas dos maletas, su casa embargada, su viña seca, su memoria totalmente desaparecida. Salvando los sentimientos mudos de Elena y del mayor de los mellizos que, desde la barandilla oxidada de aquel apartamento de un dormitorio que se habían empeñado en convertir en la nueva vivienda familiar, seguía recordando al difunto, lo había comenzado a llamar padrastro y se empeñaría en imitar ciertas maneras y velar por la continuidad de ciertas rutinas que dentro de la miseria de la situación actual seguían siendo una fuente inagotable de placer. Eso el padre biológico no lo toleraba. No toleraba el orden discreto de unos pocos libros heredados de Manolo, ni la meticulosidad a la hora de poner la mesa, ni el gesto absurdo de quitar unas gotas que manchan una fuente de comida pobre que en teoría no debería merecer esas atenciones. Y el hecho de hablar mientras se come, el hecho de hablar de aquello que te gustaría comer mientras comes lo que hay, el hecho de dejar que se enfríe lo que está en el plato porque a veces una conversación y un par de sonrisas sacian mucho más que unas papas viudas. Eso era lo que el padre biológico detestaba. Esa era la guerra sutil del mayor de los hijos. Pasar páginas en silencio y hablar con estruendo en la mesa, imponiéndose a los sorbeteos y chasquidos del que engulle los frutos miserables del sudor de su frente.

La situación del otro hermano fue radicalmente distinta. Harto de peleas, reproches y rivalidades se fue en cuanto pudo. Se le vio con una mujer mayor en la ciudad más grande del sur de la isla. Elena Mélnik no dijo nada, no se opuso, entendía que en esa persona el menor de sus hijos encontraba todo aquello en lo que ella le había defraudado. La relación nunca volvió a ser la misma. Él la evitaba si se encontraban por accidente, se negaba a que fuese a las revisiones de las notas, a las reuniones de los padres, no contestaba el teléfono ni le dirigía la palabra. Había decidido cortar por lo sano. Una tarde Elena se lo encontró y se quitó el único anillo que conservaba de aquel pasado remoto en Ucrania, lo llevaba en el dedo pulgar porque de los demás se le caía. Lo asaltó por un bulevar que rodeaba la montaña de Chayofita, como una mendiga o una lunática, temblorosa, en silencio, con una sonrisa avergonzada. No la sonrisa que una madre le dedica a un hijo, sino una mueca de las personas que se sienten mal con un viejo conocido pero ni siquiera recuerdan con claridad los motivos.

Tiró el anillo al suelo y lo pisó con todas sus fuerzas. El cabujón de malaquita estalló en el adoquinado de la calle.

Elena recogió entre lágrimas el oro torcido y todas las esquirlas verdes que pudo.

Pasarían años hasta que volvieran a verse.

Aquella noche durmió en una hamaca de la playa con todo su dolor apretado en un puño.

45

Islas para naufragar

Uno de los primeros recuerdos que tengo de mi madre es sentada ante una máquina de escribir. Pasaba a limpio papeles de la facultad en la que trabajaba, luego, cuando dejó de trabajar en la universidad, comenzó a transcribirle las letras de las canciones a mi padre. La recuerdo con un bloc de notas sentada sobre una alfombra soviética frente a un reproductor de música. Era una especie de *coitus interruptus,* las canciones nunca sonaban seguidas, era como un tartamudeo musical al que todos nos habíamos habituado en la casa. Copiaba las letras de las canciones nuevas que los clientes solicitaban a mi padre. Tras copiar la letra la revisaba escuchando la canción, luego la pasaba a máquina. Como estábamos embobados con el sonido y la magia de la máquina de escribir, a mi madre se le ocurrió desplegar uno de los acordeones que tenía mi padre sobre el sofá y ponernos a mi hermano y a mí a cada lado del instrumento. Los tres tecleábamos. Estábamos trabajando, ese era el verbo que ella solía usar.

No sé qué le pasó, pero con los años dejó de considerar la escritura un trabajo.

El que escribe acaso es un lector aburrido, un lector transfigurado, un lector que se atreve a cruzar el umbral y cree poder igualar o incluso mejorar a algunos de los autores que lee. Y luego está el vicio de inventar, de disfrutar con las mentiras que uno cuenta mientras observa atónito como el que las escucha se las cree.

Cuando mi hermano se fue de casa hubo que afinar la mentira, afinarla como se afinó el piano de la del primero, volverla convincente y natural. No queríamos que se enterase todo el claustro e hicieran, en un arrebato de imbecilidad pedagógica, algo que pudiera perjudicar a mi madre, que ya bastante tenía. La mayoría se dio cuenta, incluso comenzó a circular un comentario por los departamentos que era «un día más no se presenta el alumno de las dos madres».

El alumno de las dos madres comenzó a comportarse como un imbécil. Mejoró su alimentación y su forma de vestir, se entendía que también sus actividades nocturnas, y un día apareció con una moto que atrajo las miradas de profesores y alumnos. La timidez vuelta aplomo; la inseguridad, chulería; la debilidad agazapada tras una imagen de absurda entereza.

Optamos por evitarnos, hasta que nos pusieron en la misma clase de lengua española. Ese año agruparon a los alumnos por sus competencias, había niveles. Nos tocó en el mismo. Ese año me di cuenta de que la timidez, la inseguridad, la debilidad, la pobreza, la soledad y el no ser aceptado se curaban leyendo. Me di cuenta de que era dueño de un mundo enteramente mío, un mundo que podía acelerar o desacelerar con el paso de las páginas, un reino donde la abyección y la agresividad adolescente desaparecían o, en todo caso, surgían de una forma nueva y refinada. Y además no podían obligarme a compartir eso con nadie, al menos que yo hablara o ellos leyeran el libro. A medida que la mayoría iba especializándose en el cortejo torpe de las primeras veces yo viví experiencias que superaron con creces las reales una vez tuve la ocasión de ponerlas en práctica. Cayeron en mis manos algunos libros de Bukowski y de Miller que habían pasado desapercibidos ante la censura de la bibliotecaria. Me pasaba las horas intentando disimular las erecciones y la excitación con bostezos y quejas aleatorias al compañero de pupitre. Leer me quitaba el hambre y el sueño y me hacía sentir superior.

Emilia ya no me daba clase pero nos veíamos por los pasillos. Le pregunté si conocía a un tal Jean Genet. Enarcó una ceja y cambió de tema. Al día siguiente me trajo una bolsa con varios libros suyos, además de una antología de Cavafis y un libro extraño titulado *Tiempo de errores* de un tal Mohamed Chukri.

Durante aquel año comencé a devorarlo todo, sin miramientos, creo que incluso sin entender muchas veces lo que leía. Emilia se encargó de darme algunas instrucciones y con el silencio de los grandes maestros, siguiendo una especie de intuición mayéutica a través de mis lecturas, ayudó a que me conformara no solo como un lector con cierto criterio, sino que ayudó también a que pudiese resolver mis problemas identitarios por mí mismo, sin la ayuda de una familia con la que no podía contar, y sin el apoyo de unos amigos que no conseguía hacer.

Me impresionó la manera de ver de los autores del *boom,* una declaración de lirismo, como propuesta estética, al servicio de una prosa meridianamente clara y fluida. Como todo adolescente me dejé seducir por Benedetti, por Laura Esquivel, y algunas lecturas de poco calado, pero que resultan cruciales cuando uno va a tientas. Un personaje al que quise imitar fue Krito, un extraño humanista alejandrino, inventor de artilugios y términos. Krito era una dualidad, solar y lunar, un fantasioso con los pies muy puestos en el suelo, una persona de género fluido que diríamos hoy. *La vieja sirena* fue una de mis lecturas de juventud más traumáticas y más esclarecedoras, esos círculos del tiempo, esas búsquedas continuas de la misma persona en distintos cuerpos, la esencia que va dejando su huella en las distintas materias heridas. Luego me cansé de Narciso y me abandoné gustosamente a Calibán. Al Calibán del primer deslumbramiento, aquel de los quince años, de la mano de Gil de Biedma. *Albada* era como un mantra que me hacía salir disparado de la cama, una promesa de algo que esperé pacientemente, y me cansé de esperar. Esa primera sensación de pánico: la de la negra humanidad yendo al trabajo al amanecer, sabiendo el día que les esperaba y no por el placer sino por los óbolos que lo procuraban. Y la cara contraria de esas monedas, la de los que salen del *after*. La vida bella, como la llamaba Jesús con tono de reproche, el *dolce far niente,* porque uno iba para poema… y se convirtió en funcionario.

46

Camino de plata

Llevaba semanas sin aparecer. La noche que entró en el pequeño apartamento encontró a Elena delante de una olla, estaba intentando reprimir las ganas de vomitar que le producía el olor de aquella comida, que él, sin embargo, encontró de su gusto. Comió sin decir palabra, haciendo el habitual ruido al sorber. Se limpió la boca con la manga de la camisa, se sonó con estruendo, se volvió a pasar la misma manga por la frente y sacó unas llaves del pantalón. Eran las llaves de un coche.

Elena no quiso coger el ascensor, tenía miedo de quedarse atrapada con él en unos pocos metros cuadrados. Así que bajó por la escalera ella sola. Hacía un viento glacial y el roce de las hojas de las palmeras recordaba un susurro. Elena se cruzó la rebeca y recorrió con rapidez los pocos coches que había estacionados en el aparcamiento. Le llamó la atención uno blanco, deportivo, de dos plazas, un BMW demasiado bajo para ser cómodo, descapotable.

Ante el primer grito, a él se le borró la sonrisa y le propinó una bofetada. Elena fue a caer sobre el coche que estaba al lado. Se dio la vuelta y volvió a subir por las escaleras, se dio cuenta de que no tenía llaves y se sentó en el pasillo delante de la puerta. Él tardó en llegar y la despertó de un puntapié. Entraron en la casa.

Elena no oía nada, ni los gritos de él ni sus propios gritos. Alguien llamó a la puerta y no abrieron. Elena abrió el frigorífico vacío y siguió gritando. Él le dio el último bofetón. Volvieron a llamar a la puerta. Él abrió la puerta dispuesto a gritar, pensando que era un vecino que venía a quejarse por el escándalo. Encontró a un chico sonrojado y delgadísimo, con los ojos hundidos y las orejas enormes, una mirada glacial y triste, unos ojos grises que no eran de su familia. El mayor de los mellizos siempre le había dado asco, con sus libros y con su afeminamiento indisimulado.

—Mañana me voy de este país de mierda —dijo mirando a Elena.

—Espero que te lleves el coche.

Él la ignoró.

—Me voy a casar.

El pánico se dibujó en el rostro de la mujer. El chico esbozó una sonrisa desafiante.

—Sí, no me mires con esa cara, me voy a casar con Natasha, con la profesora. —Escupió haciendo un gesto brusco en dirección al chico.

47

Habaneras de Sevilla

—No me mires con esa cara, ya sé que la Petricor te ha dicho que la puedo palmar en cualquier momento…

—¿Quién es Petricor?

Este niño definitivamente es idiota.

—Rafael, maricón, Rafael… En cuanto se vayan del ático te mudas, allí podrás llevar a todas esa pijas con las que te lías, que ya hay que tener estómago. Igualito a tu padre has salido, se ponen un perfume barato y unas medias y ya sois presa de las *milf*. Y a ver si yo puedo recuperar un poco mi vida normal…

—¿Un apartamento para mí solo?

El puto niño de las narices. No puedo con él, qué forma de no hacer nada y de no entender nada, a ver si nos montamos un bar entre cuatro o cinco, algo como el Ocaña de Barcelona, y metemos a este en paños menores a atender mesas, porque cerebro poco, pero de músculo no veas cómo se ha puesto. Esto es lo que les pasa a los zetas estos, que intentan compensar la masa gris con masa muscular, y eso no va así, que si así fuera no se le llenaría la boca al desgraciado este de la perilla con las barbaridades que dice. El Cid lo llamamos entre nosotras, el Cid del diccionario de latín. La Petri dice que tiene un polvazo, será guarra la tía, que una cosa es leer a D'Annunzio y otra es gayolearte con el caballero verde, qué asco, por Dios. ¡Qué asco!

Éramos catorce residentes de distintas disciplinas. Los dormitorios estaban en un claustro alto que daba por una parte a un patio con una fuente cubierta de naranjos y por otra a una bulliciosa calle del centro. Frente a mi puerta estaba el centenario, de los diez o doce naranjos del claustro ese era el más viejo. Corrían leyendas sobre aquel árbol, decían que una novicia se había colgado de él en el siglo XVII y que si te comías una de sus naranjas, que no eran amargas como las del resto, jamás encontrarías el amor. Las ramas se metían hasta la puerta de mi cuarto, había que agacharse para bajar los dos escalones que precedían la entrada, una de las ramas había doblado la barandilla de hierro. El centenario tenía un olor envolvente cuando se ponía en flor, y hablaba, hablaba a través de las abejas que bebían de su néctar y le daban una vibración que desaparecía a la tarde. Mi relación con el árbol fue conflictiva debido a la alergia y el temor a los insectos.

Jesús se pasaba horas sentado junto a mi puerta, con los pies cruzados sobre una alfombrilla mal tejida que había comprado en un marroquí, leyendo sus libros de taoísmo, bajo el estruendo de las abejas y el sol incesante de Málaga que se colaba por el ramaje. Cuando lo oía llegar calculaba más o menos la altura a la que estaría y me sentaba en el mismo sitio pero al otro lado de la pared, sobre la almohada, con la ventana abierta al gentío de la calle, al barullo de los cofrades de un bar próximo que me agitaba el cuerpo y me impedía escribir. Los que estábamos allí fuimos en busca de tiempo y silencio y cuando lo descubrimos, su lametazo lento y soporífero, nos precipitamos al ruido, al movimiento. Aunque a veces se daba esa comunión silente, ese contacto con el muro en el medio, ese contraste entre el claustro y la ciudad, y la imagen de nuestros cuerpos rozándose sin tocarse, mirando en direcciones opuestas, interesados por artes distintas, pero tan complementarios y durante esos días tan inseparables. Esa quietud en la agitación de los que se atraen y se repelen.

Entonces yo aún creía en los círculo del tiempo, estaba convencido de que llevábamos muchos años juntos, estaba seguro de que él era la persona a la que yo le rezaba cuando me sentía derrotado, que era la persona a la que le hablaba estando solo en un museo o en una calle que me sobrecogía; por entonces yo tenía la convicción de que el que habla solo espera hablar con Dios un día, un dios de carne delicada, de belleza caduca, el salvador de mis sueños frustrados y mi fe perdida. Y algo de eso hubo en un primer momento, fue libando mis amarguras; y su bondad, su inocencia, que era como un brillo imperceptible y a la vez deslumbrante, me inducía a un llanto repentino e infantil. Un llanto que tenía que ver con la admiración respecto a algo inalcanzable. Un llanto del que me avergonzaba y dejaba fluir antes de acostarme. Un llanto que me producía unas punzadas horribles en las palmas de las manos. El estigma de la soledad.

Jesús no tardó mucho en hacer gala de la predisposición hacia los heteros curiosos de la que me habló Laura en la fiesta de Sevilla. El agraciado en cuestión, y vive Dios que lo era, una especie de felino agresivo enganchado al placer instantáneo de sentirse admirado, sin importar el género ni el atractivo del que profesaba dichos halagos, era otro escritor. Andaba por aquellas el deslumbrante espécimen en cuestiones de preciosismo decimonónico, con el *Moliner* y el *DRAE* a modo de almohada, embebido en clasicismos que a su literatura iban como los manjares al hambre de Tántalo. Jugaba a la ambigüedad mucho y a una especie de dandismo como veneciano, una especie de pijerío como marbellí, no del todo cateto, aunque del todo insufrible. Venía del mundo de la moda y debía de creer que los méritos de sus atributos naturales harían saltar el bisagraje gramatical con la misma facilidad y de idéntico modo con el que hacían saltar las cremalleras de las braguetas en sus sesiones fotográficas. Se equivocaba.

Lo asalté una tarde en la biblioteca después de que Jesús se le insinuara a lo Leucipa con Clitofonte. Me entró una bulla por todo el cuerpo y me puse como la mala malísima de las obras mejores de Mendicutti. Le solté, con voz de oráculo de Delfos tibia de ginebra en un cuarto oscuro, que esa cara que tenía iba a ser la fuente de sus muchos logros y sus infinitos fracasos. Se ruborizó. Había dado en el clavo. Le pregunté, en un arrebato bifóbico justificado solo por la atracción que me despertaba, que qué tal llevaba el mal disimulado bisexualismo. Me habló de la admiración y de la atracción entre hombres heteros, y de algo así como la androfilia, y yo tenía unas ganas locas de echarme encima de él, pero opté por el insulto condescendiente, opté por la guerra fría.

Jesús me trajo una maceta de lavanda que puse en el alféizar. Hablamos de mi rival, le saqué yo el tema. Intenté persuadirle de que sus muchas virtudes no suplían sus carencias. Y del ego desmedido que superaba en talla otras cosas suyas dignas de ser reseñadas. Luego le dije lo mucho que me ponía y lo mucho que eso me acojonaba. Bueno, pues porque me pasó algo parecido con un chico. Puse un disco de Carlos Cano: … *que a Cuba se fue, / y aquella mujer / está tocando el piano; / escriben sus blancas manos / cartas de amores / que han de volver*… Fue el primero.

48

SALIR DEL HOYO

AL POCO DE HABERSE LARGADO EL HIJOPUTA VOLvió a comer. Comía sin ganas, consciente de que yo la observaba cada tanto. Prefería sopas o arroz, sin carne, y mucho menos carne adherida a huesos. Si era incapaz de acabarse el plato intentaba tapar la mayor superficie posible desplegando una servilleta. Miraba el café y las manzanas con recelo. Lo sigue haciendo.

Una tarde al volver del instituto encontré la casa revuelta, como si la hubiesen atracado, toda la ropa sobre las camas, los cajones abiertos. Ella tirada sobre el sofá, con una fotografía de Manolo arrugada en el suelo, junto a una botella de Faustino V y una tableta de Valor a medio comer. El apartamento era un zafarrancho, sobre la encimera había colocado todos los zapatos y dentro de una fuente del horno había puesto todos los papeles: los pasaportes, las partidas de nacimiento, una carpeta del Banco Zaragozano sobre el entuerto de la casa de Icod. Álbumes de fotos en la vitro. Y en el fregadero, arrugada, una carta, una carta de desahucio.

Empaquetamos todas nuestras pertenencias, solo dejamos parte de la ropa en el armario. Si nos echaban había que estar preparados, pero no teníamos a dónde ir, de modo que hasta que no se presentara la policía le dije que lo más inteligente era seguir allí, era absurdo repetir lo de Albatros. Me dio la razón a regañadientes.

Procuraba evitar el tema de la universidad, pero sabía que yo, influido por tantas lecturas, quería estudiar Hispánica. Como todas las personas desvalidas, no contemplaba la posibilidad de solicitar una beca. Estaba segura de que el mundo tenía algo en su contra y no contemplaba ningún tipo de ayuda, por muy mínima que fuese.

«Tienes que buscar un trabajo». No contestó. «Entiendo que estás destrozada por lo de Manolo y por la muerte de la abuela y la boda del Hijoputa y todo...». Agachó la cabeza. «Pero, mamá, tienes que entender que hay que seguir viviendo. ¿Te acuerdas cuando Manolo me llamaba viejo? No me gustaba, pero me hacía gracia, era algo así como un juego, un atajo para decirme lo espabilado que era sin caer en el halago gratuito». Se encogió de hombros. «¿Te das cuenta de cómo hablo? ¿Te das cuenta de la edad que tengo? Aún no me he tomado una cerveza ni he echado un polvo y mírame, parezco tu padre». Lágrimas. «Yo quiero vivir, mamá. Quiero hacer el bachillerato de letras, estudiar Latín y Griego. Quiero enamorarme, mamá. Ir a la universidad y enamorarme, mamá. Dejar de leer compulsivamente y vivir, quiero vivir, mamá. Quiero vivir». Más lágrimas. Cogí un trozo de chocolate del suelo y me bebí el medio dedo caliente del vino que quedaba. Nos miramos. «Tienes que conseguir un trabajo».

49

El primero no se olvida

Una vez más mentí. Mentí porque me beneficiaba, porque era útil para hacerle entender lo que quería que entendiese. Mentí porque el amor es un gran embuste, y el que sabe de amor se sabe un profesional de la mentira. Yo lo quería, lo quise desde la primera mirada. No era un flechazo, no era nada, simplemente lo quise. Y se lo dije, le dije: «Jesús, tú y yo acabaremos juntos, aún no lo sabes, pero soy muy persuasivo».

Le conté que nos conocimos en una discoteca, que era de La Habana y que era un tío fibrado, de ojos penetrantes y conversación serena. Nada más lejos de la realidad. Lo conocí en clase. Era de Pinar del Río, repetidor, no conseguía aprobar el BUP. Era un chico esquelético de piel cetrina y ojos saltones, tenía una conversación nerviosa y era evidente que se sentía fuera de lugar, se sentía un fracasado. Solía ocupar un pupitre en la última fila. Al día siguiente de nuestra conversación se sentó en la primera. Supe que no habría vuelta atrás. No fue un flechazo, no fue nada, nada en absoluto, simplemente nos quisimos.

Supongo que no importa lo larga o corta que sea la primera relación. Estuvimos muy poco tiempo, apenas unos meses. Mi madre comenzó a trabajar en una inmobiliaria y le fue muy bien. Tan bien que decidió irse con unas amigas a Alemania a «pasar la ITV», o sea, a hacerse unos arreglillos. Con la casa solo para mí le propuse a Rufino que se instalase.

Nos instalamos en una casa confortable de tres dormitorios, con un jardín delantero y una terraza, piscina comunitaria y un *jacuzzi* en la terraza de la boardilla, que convertí en mi dormitorio. Mi hermano solía venir ocasionalmente y puso de su parte para ir limando asperezas, aunque la relación nunca dejaría de ser conflictiva.

Amueblamos la casa con esmero, eligiendo por primera vez en la vida los muebles que más nos gustaban, haciendo algún despilfarro en objetos inútiles. Compramos una lámpara y un espejo veneciano, y yo me acordé de mi abuela cuando se compró un abrigo de piel el día de su jubilación, y de la mirada de Sacha en la casa de la Malagueta. La pobreza superada siempre tiende a poner objetos fuera de lugar.

Rufino tenía un amplio historial de fracasos académicos y logros sentimentales. Logros que no duraban más de unas pocas semanas y que lo mantenían constantemente en vilo, en una especie de letargo que solo se experimenta durante el proceso de conquistas. Era un yonqui del amor y lo vivía con el placer desmedido de las adicciones. Follábamos y dormíamos. Discutíamos mientras preparábamos la comida. Nos reconciliábamos y se repetía el proceso. No había afinidades ni gustos comunes, incluso había cierta sensación de vergüenza ajena por mi parte. Yo tenía aspiraciones académicas y él se conformaba con servir copas de noche y ligar con la clientela. Actuaba como transformista con un grupo de amigos suyos. Después de las actuaciones no se cambiaban y aprovechaban para seducir a algún hetero despistado y de paso sacarle pasta. Le conté a Jesús que Rufino fue el primero. Me daba entre morbo y miedo, pero tenía claro que quería que fuese él. Pensé que no entraría, pero entró. Y le conté también la historia del Sagitario, Zeben me mandó un correo electrónico con el enlace de la noticia: se había desmoronado el suelo de un local gay en un centro comercial del sur de Tenerife.

—Antes lo llamaban el Sagitario, ahora es, o mejor decir era, el Butterfly. Pues anda que no volaron los capullos… pero hacia abajito como el Lucifer del Retiro. Mariposítas en llamas… ¡Qué lástima, por Dios!

»Imagínante tú, a las dos y pico de la madrugada con todo el alcohol que una lleva en vena va y se abre un boquete de cuatro metros delante del escenario y aterrizas con las patas rotas en el sótano de aquel edificio de mala muerte fruto del esplendor tardofranquista. ¡La leche que mamaron! Es que la hora menos se nota en todo… Menos en las ambulancias, que dice Zeben que no veas lo que tardaron en llegar.

»El centro comercial ese estaba que se caía en el 99, figúrate ahora. La primera vez que lo pisé fue en Halloween.

Ya no me acuerdo ni cómo se llamaba el novio de Alessandro, un brasileño fibrado y con las piernas curvas. El muy idiota se puso de coca hasta el corvejón y le dio por disfrazarse, travestirse decía él, con un vestido negro de encajes y lentejuelas que ni robado a María Josefa la de *Bernarda Alba*. Hijo, qué bulla más grandísima me entró a mí por el cuerpo (y eso que por aquellas estaba ennoviado con el cubano). Un cuerpo de esos que parece que con mirar lo rompes, unos musculitos como de tebeo, como de mentirijilla, pero que a uno le gustaría sentir sobre la espalda, ¿sabes? Pues cuando yo vi que se ponía aquellas medias que le quedaban cortas y que hacía sentadillas, que habría visto hacer a alguna hermana suya, para que le fuera subiendo la licra... ¡El Cristo de Corcovado! Y cuando yo vi aquel bultazo que intentaba abrirse camino por entre lo estrecho de las medias, ¡maricón!, casi le salto encima, ¡qué vergüenza!

»Bueno, que me voy por las ramas. La cosa es que yo estaba con Rufino, el cubano. Él trabajaba con Samuel, Alessandro y Zeben en el Sagitario. Hacían espectáculos de transformismo. Cantaban desde Gloria Estefan hasta Rocío Jurado, todo con *playback* en directo, que conste. Dios mío ¡cómo se movía el cubano! Y no solo en el escenario. Yo le insistía en que lo hiciéramos, bueno, que lo hiciera él, con la ropa que se ponía para los *shows* pero no hubo manera.

»Yo no sé cómo fue pero el novio de Alessandro acabó enrollándose conmigo mientras Rufino flirteaba, ya convertido en la Ruffa que era su nombre artístico, con un italiano gordo al que en varias ocasiones quise partir la cara mientras hurgaba con mi lengua en la boca del brasileño. Las cosas del ambiente, niña, que bastante nunca es suficiente, al parecer. Menos mal que una se ha reformado. Que yo por aquel entonces iba de machirulo, de *dominantibus,* de gallito de corral… ¡Lo que es tener pelo y no tener barriga!

»Pues claro, ¿qué íbamos a beber? *Amaretto* con Red Bull, maricón. Una antítesis de coctel, eso sí, pura poesía de Campoamor, un asco. ¿Ah que a ti también te gusta? Pues no, nosotros allí no le decimos Disaronno; qué pedante eres, hija.

»Total, que esa experiencia fue entre excitante, temerosa y temeraria. No tardé mucho en perder el norte. Recuerdo a una trans belga chillando algo en una mezcla de francés y español y amenazando con el puño coronado de imitaciones de Swarovski. Y en tanto los marroquíes y los senegaleses, que siempre tuvieron interés pero poco arrojo, haciendo la ronda por el paseo marítimo para ver si veían algo indecente con lo que saciar el pecado de la vista.

»La bulla del Sagitario había que abandonarla periódicamente si uno no quería volverse macandé. Todo era muy civilizado y fraternal. Recuerdo entrar una vez al retrete (que por cierto tenía un pesebre para mear y un váter, sin biombo ni nada, plantado en el medio como si de un altar se tratase) y ver un aquelarre de culos embutidos en *jeans* de Dolce & Gabbana remoloneando con las narices en un festín de coca sobre la tapa del trono. Ay, hija, ¡si es que cómo nos gusta lo que nos encanta, coño! Total, que salíamos al paseo marítimo, nos sentábamos en un banco de respaldar reversible y nos escupíamos insultos a la cara hasta que no nos podíamos mirar más a la cara y bajábamos a la playa, a la sombra de aquel muro de canto canario, como si no hubiese un mañana, como si ninguno tuviese novio... Y pensar que el Sagitario ya no existe. La decoración del Butterfly este era una catetada como otra cualquiera, mucha luz le veía yo. Qué pena de gente... Castigo de Dios, diría mi madre. Es que yo no sé qué hemos hecho para merecernos estas desgracias, estas hecatombes. ¿Dónde has visto tú que se caiga el suelo de una discoteca? ¡El Matadero de Echeverría debía de parecer aquel sótano! Qué recuerdos..., si al final me pongo nostálgico y todo, verás.

»Pues esa noche Alessandro nos contó que tenía un trabajo con el que se ganaba unas perrillas extras. Vamos, que era puta. Meses después lo vi en un periódico, anunciándose con sus mejores galas de mujer. El Alessandro era de lo que no hay, me contó que tenía un hijo en Italia y que no lo veía hacía años. Me advirtió que el primer amor nunca se olvidaba y que no me hormonase (no sé de dónde coño se habría sacado esa idea) que las tetas te quedaban como dos cáscaras de naranja exprimida. El Alessandro aprovechó un descuido de su novio, que seguía bailándome el agua, y se fue con un guiri de medio metro y edad novicia al murito de la playa a ver si sacaba algún ingreso extra. A la mañana siguiente me llamó Zeben diciéndome que lo acompañase a la Clínica Verde, que Alessandro estaba ingresado. Al parecer se llevó al guiri, al que habíamos bautizado Pocoyó, a su casa con intenciones de requisarle pertenencias y *cash*. Lo que no se esperaba es que su novio el brasileño, con el que me estuve enrollando, confundiese al Pocoyó conmigo y se pasase toda la noche dándole mi merecido. La Alessandro se puso toda arrebatada y toda digna y entró en el cuarto donde rechazó la invitación al trío y recibió, por aguafiestas, un trabucazo en la ceja izquierda con una lata congelada de Heineken. Seis puntos le dieron. Y pensar que todo aquello ya no existe. No sé nada de Alessandro, ni del Rufino, ni de Zeben... Se ha hundido el suelo del Buterffly. El Sagitario ya no existe. Y yo aquí, contándote mis vergüenzas, maricón. Pero qué razón tenía Alessandro con aquello de que el primer amor nunca se olvida».

50

La ventana

La culpa fue de Gabriela. Normalmente Gabriela suele ser la culpable, bueno, las veces que no lo es la Petricor, que no son tantas, en realidad. Pero en aquella ocasión Gabriela Godoy fue la artífice de todo.

La primera noche en aquel convento transformado en escuela de artistas, bajo un sistema anárquico y disparatado en el que únicamente teníamos que respetar las comidas, la pasé echándome vasos de agua a la cara con una compañera. Mi rival era una escultora gaditana, de pelo corto e insolentes ojos azules, con la nariz ligeramente aguileña y un cuerpo cuyas obras jamás pudieron superar. Fue la primera persona con la que hablé. Me dijo que si sabía por qué calle pasaba el Gran Poder a no sé qué hora de no sé qué día de la Semana Santa sevillana. Le lancé una mirada como diciéndole, cariño yo quiero de eso de lo que tú te tomas, pero ya. No, coño, es que con la cara de capillitas que tienes y con ese acento… Esa noche nos fuimos a beber. Buscamos el sitio más barato de Málaga y nos pusimos hasta la coronilla de virgen, haciendo honor a mi capillismo y algo que ella recordaba haber perdido hacía milenios, con sus posteriores consecuencias. Tras ser expulsados del establecimiento, ella robó un felpudo en la calle y se pasó el camino de vuelta abrazándolo y acariciándolo como si fuese un perrillo. Llegamos al convento donde nos esperaba un conserje malhumorado. Cantamos sevillanas en el claustro hasta quedarnos afónicas. Nadie protestó. Luego nos metimos en su cuarto, ella colocó el felpudo robado a los pies de la cama, sacó una botella de ginebra y nos la tomamos compartiendo un enorme vaso de vidrio verde que usaba para el cepillo de dientes. Una vez acabada la ginebra entramos en el baño, y como dos señoras consternadas en un cementerio, nos pusimos muy erguidas y muy dignas, cada una a un lado del lavabo y comenzamos el duelo. El duelo consistía en rellenar el mismo vaso de vidrio verde con agua del grifo, por turnos, y proceder con académica cara de seriedad y *rigor mortis* a arrojarnos el contenido en la cara. No sé cuánto tiempo duró aquello. El suelo del baño quedó totalmente anegado. A la mañana siguiente, cuando nos despertamos en su cama, enlazados en un abrazo húmedo, Valeria tuvo que fingir que había tenido una avería nocturna en el cuarto de baño. Salí empapado de su habitación con la esperanza de que no me viera nadie justo cuando se abrían otras dos puertas del claustro alto. A mi derecha, de la número trece, salió Jesús, con unos auriculares enormes y un discman, haciéndose como el que no me había visto. Justo en frente, al lado derecho de mi cuarto, que el naranjo centenario tapaba, asomó la divertida cara de Gabriela Godoy. Con una ceja levantada e intentando disimular una sonrisa.

Se dio cuenta de que yo llevaba la ropa del día anterior, y además mojada. Se dio cuenta de que había pasado la noche en la habitación de Valeria. Pero, y sobre todo, se dio cuenta del desplante de Jesús que se dispuso a bajar atropelladamente la escalera ignorando mi bochornosa salida.

Alguien había hecho correr el rumor de que había un bisexual entre los residentes. Y sobra decir que ese alguien había sido yo. Sin embargo, lo que no me esperaba es que la Gabriela aprovechase el bulo para dirigir los cañones a mi persona. Cuando Valeria me lo comentó me encendí como un cirio de papel. ¡Tantos años para salir del armario y ahora esto! Con lo pura que es una y ahora estas sofocaciones del bisexualismo. De Valeria se sabía que le daba a todos los palos del flamenco, lo que nadie hubiese sospechado es que le gustaran los de la cáscara amarga. Llegamos a la conclusión de que lo más inteligente era no prestar atención a la rumorología de refectorio y con resignada mariconería hacer como si nada pasara. A Valeria el que en realidad le gustaba era el adjunto de Jesús, la fuente verdadera de mi rumor, y a mí me interesaba mucho más que el propio Jesús el hecho de que Valeria fuese capaz de echarle la zarpa al adjunto y dejarme víaa libre. Se ve que todo esto no pasó desapercibido para la perspicaz y malintencionada Gabriela. Hija puta.

Después del desayuno Gabriela se me acercó y hablamos de nuestros proyectos, ella también era escritora. Me pareció que nos conocíamos de toda la vida. Le conté la escena absurda de la noche anterior. Le propuse salir a dar una vuelta y acabamos en un bar hablando sobre la profesionalización de la escritura, y de si alguien nos querría después de salir de Málaga con una novela debajo del brazo. Me preguntó por los demás artistas, le dije que no tenía ni idea de pintura, ni de escultura, y mucho menos de música, «sin embargo, este chico —le dije chascando los dedos, haciendo como que se me había olvidado el nombre de Jesús— me interesa mucho. Lo que hace es muy extraño, pero atrapa». «Sí —asintió Gabriela— es muy místico, muy sutil. Su proyecto se llama *La quietud agitada*. Esa tarde escribí un poema con ese título y se lo deslicé bajo la puerta».

Al día siguiente me asaltó en el claustro y me plantó un beso en la mejilla. La magia se rompió cuando vi a Andrés, el adjunto, salir del comedor. Jesús me dijo algo sobre José Ángel Valente, y que no eran líneas sino estructuras, pero que aun así nadie le había escrito un poema, y que aquello de «letra e imagen» le gustaba. «Es que tú escribes, no dibujas». «Bueno, hay quien dice que hago telas. *Texto* es el participio latino de *tejer*, así que lo mismo me da. Voy al taller», dijo y desapareció por el claustro. Andrés se quedó ahí plantado, mordiendo una pieza de fruta, ni se miraron. Yo hui del convento en busca de ruido y entré a comprar una bolsa de chuches en un quiosco próximo.

Volví con la bolsa de chuches y un ardor persistente en la cara. Había bebido más de la cuenta, a solas. Esa misma tarde, y Gabriela estaba detrás aunque no nos dijera nada, me lo encontré subiendo por la calle Larios, se empeñó en pagarme una cerveza a cambio del poema. Yo estuve tentado de darle la bolsa de gominolas, pero me resultó una imagen ridícula. Se despidió con la excusa de que tenía que poner saldo en el teléfono y le iban a cerrar. Yo me arrastré por la ciudad sin rumbo, hasta que me topé con el portón del convento. Era fin de semana y no había nadie, los fines de semana no estábamos obligados a comer en la institución, de modo que la mayoría se había ido. Fui a un pequeño *office* que había pegado al comedor con intenciones de hacerme un té e irme a la cama. Me encontré con Gabriela sentada en una mesita baja, con un libro de Mendoza. Saqué la bolsa de chuches y le ofrecí, cogió una de limón y le dije que esas eran las peores. Me senté y me eché a llorar. Con ese llanto infantil del que tanto me avergonzaba. Con ese llanto de la gente pobre, de los pobres que se han resignado, con el llanto de los que han perdido la esperanza, el llanto de los feos, de los que son más libres que nadie porque han asumido su soledad. No intentó consolarme. Y me contó cómo se había fugado con un profesor jipi suyo y del fin de semana que pasaron en una autocaravana mientras sus padres ponían el pueblo patas arriba buscándola. «Estará con Andrés, supongo». «O en el taller», me dijo Gabriela. Le di un beso y subí la angosta escalera que llevaba al taller de los pintores. Estaba oscuro, no había nadie. Dejé la bolsa de chuches sobre la mesa que ocupaba Jesús. Salí a un pequeño patio alargado lleno de cipreses y les recé a esos dioses sin nombre a los que rezaba, y los maldije y me cagué en ellos y les dije que solo existían porque yo me tomaba la molestia de insultarlos. Sentí de nuevo el aguijonazo en las palmas de las manos como una venganza. Me dormí repitiendo su nombre como un mantra, sobre uno de los bancos del patio.

Durante los días siguientes intenté pasar la mayor parte del tiempo fuera y solo. Ni siquiera las ocurrencias de Valeria me divertían. El tiempo que no pasaba en los bares los pasaba dormido. Me subió la fiebre y perdí el apetito. Aún hacía calor y el barullo de la calle me recordaba el latido de una abeja. Entonces oí unos pasos y alguien que se metía en mi cama. Pensé que era cosa de la fiebre. «Los cuerpos son terapéuticos», me dijo, e introdujo sus pies helados entre los míos. Y se apretó muy fuerte contra mi espalda y yo sentí que los estigmas de las manos desaparecían.

Luego se levantó y cerró los postigos. Los rumores de la calle se esfumaron. Se montó sobre mí y dijo que aquello era una locura mientras me quitaba el pijama. El malestar y la fiebre me impedían pensar con claridad. Luego se quedó quieto y encendió la luz de la mesita de noche. Se desnudó y me dijo:

—Quiero que me mires. Eres el primero.

Lloraba.

51

Llanto en Anaya

Aquel día no hicimos nada. Pegamos nuestros cuerpos y nos quedamos quietos. Acostumbrándonos a la respiración y al olor del otro. Protegidos y a la vez vulnerables, a salvo, temerosos.

Me dijo que no le gustaban sus manos. Yo le dije que me daba vergüenza un lunar que tenía en el pecho. Él tenía uno idéntico, en el mismo sitio. Luego recorrió con el dedo la cicatriz de mi pubis y le conté la historia.

Me preguntó qué había sido del primero. Pues lo de siempre, Jesús, lo de siempre.

Llegué a Salamanca destrozado. La mudanza había supuesto cierta distracción, pero no conseguía sacármelo de la cabeza. Como decía Emilia: uno se lleva los problemas en la maleta, da igual lo lejos que vayas.

Desde muy pronto supe que quería estudiar Filología, un profesor me dijo que el mejor lugar era Salamanca, debía tener unos catorce o quince años, y así lo hice.

Me instalé en un piso amplio que daba a la plaza de Anaya. Compré una estantería para colocar todos mis libros, una olla exprés y una tabla de cortar, una alfombra marrón y cosas de menaje. Cocinaba para mí solo con la esperanza de poder hacerlo pronto para algún amigo nuevo. Vagabundeaba por las calles inflamadas de Salamanca en busca de bares ocultos, robando miradas a turistas guapos o camareros simpáticos; sin ninguna intención de entablar conversación.

Compré un cuaderno y escribí en él todo lo que me hubiese gustado contarle al cubano. Escribí sobre el dolor que me causó esa ruptura forzada, su inteligencia y su absoluta falta de escrúpulos para enrollarse con el novio de Zeben en una fiesta en mi casa, a la vista de todos, para que los pilláramos y no tener que dar el primer paso. La mudanza a casa del malagueño (porque todo lo bueno y lo malo que me ocurre parece pasar primero por esa ciudad), y aquella extraña relación que Zeben y yo establecimos. Estábamos solos y dolidos, dolidos de forma cruzada, nuestras parejas nos hacían daño directo a cada uno de nosotros e indirecto al otro, de modo que nos asociamos en defensa propia. Intentamos algo que no funcionó y, después de reconocer que no había ningún tipo de atracción sino una enorme sensación de abandono que tardaría mucho en desaparecer y que, pese a sentirnos igual, nada podíamos hacer por el otro, nos perdimos la pista.

Comencé las clases con las expectativas frustradas. Descubrí un grupo de personitas tímidas con aspiraciones literarias, la mayoría sin salir del armario, encogidos en sus rincones de las últimas filas de la grada, con el provincianismo estampado en la cara y la misma sensación de fracaso que yo. Nos dimos cuenta de qué iba aquello con la fonética sincrónica y la lingüística generativa. Allí no nos iban a enseñar a escribir, y a leer lo justo y necesario. Una vez más encontré la salvación en los libros de la biblioteca y me lancé a descubrir la historia de Anaya que nadie se iba a tomar la molestia de contarme. Leí las ausencias de Ferlosio y Aldecoa, que me aconsejaron dejarme caer más bien poco por las aulas, y descubrir el bucolismo de campus; el atrevimiento de Carmen Martín Gaite y su visión política y económica sobre las oportunidades en la vida y aquellos que las podían gozar; y sobre todo, encontré un mundo en el que descansar, un mundo tranquilo y apolillado, como las canciones de María Dolores Pradera que sin duda eran la banda sonora perfecta, en los textos de Josefina Aldecoa.

Aprendí a disfrutar del más mínimo roce, una disculpa o un saludo se elevaron al estatus de conversación. Si ya de por sí era vergonzoso, me convertí en un ser huraño, pero que debía de ir suplicando compañía y juerga con la mirada. Al anochecer bajaba a la plaza, que con la llegada del frío se volvía un desierto de brumas, y la recorría memorizando algunos accidentes de la arquitectura catedralicia, alguna imperfección en las volutas de los capiteles del palacio y me preguntaba si el ojo de buey de la cornisa sería un despacho o simplemente un cuarto de escobas, me preguntaba quién se había asomado a las galerías que hacían chaflán en mi edificio, cómo habían conseguido sanar ese mordisco primero que aún me quemaba. Ese amor mío, nuestro, cien años atrás habría resultado imposible y eso, pese a mi mal trago, me consolaba.

La noche que el cubano dejó de contestarme al teléfono bajé y me senté en la escalera del palacio. Había recogido una piedra de uno de los jardines y me la había metido en el bolsillo. Esa piedra permanecería los cinco años de licenciatura en la entrada del piso, sobre una consola castellana, junto a una lámpara de sal. Cada vez que salía de fiesta tocaba la piedra y repetía «solo follar, solo follar, solo follar… Nada de pillarse, maricón».

«Tú eres de clase, ¿verdad?», me dijo alguien desde la esquina que formaba el palacio con la iglesia de San Sebastián. «¿Quieres?», me ofreció acercándome una litrona. «¿Y ese pedrusco?». Estaba perdido.

52

La escribidera

Lo primero que escribí fue en ruso, con letra temblorosa y lleno de faltas de ortografía, se llamaba *La sartén.* Nos pidieron una breve redacción en primero y a mí se me ocurrió la historia de un hombre que trabajaba en una mina de oro, en la que había encontrado una sartén mugrienta y ennegrecida por el uso. En la entrada de la mina había un detector de metales que saltaba cada vez que el hombre entraba y salía. Lo revisaron varias veces para ver que no sustrajese pepitas de oro y al no encontrar nada dijeron que eso solía pasar con algunas personas, que el detector saltaba solo. Al cabo de los años el hombre dejó ese trabajo y se llevó consigo la sartén. Un día al querer limpiarla descubrió que detrás de la mugre lo que había era oro.

Cuando la abuela Gala leyó la historia dijo que eso no era ningún invento mío, que esa historia era la de un tío materno suyo que se hizo millonario vendiendo la sartén de oro y se compró un palacete en Odessa y un descapotable conducido por un chofer desde el que iba arrojando botellines de cerveza que los niños de la calle recogían al vuelo para cambiarlos por unos *kopeks*. El tío Anatoli, dijo que se llamaba, y que una vez le trajo una caja de bombones de San Petersburgo, una caja que ella aún usaba como costurero.

Se cree que los eslavos reciben ese nombre por haber sido esclavizados por los romanos, debe ser otro de estos sincretismos que no acaban de ser del todo falsos. Eslavo viene del vocablo *slovo* que quiere decir «palabra», ya que no tenían sistema de escritura y todos sus conocimientos se transmitían de forma oral. Antes de la llegada de Cirilo y Metodio la literatura era hablada, memorizada y transmitida, conversacional, sujeta a los cambios y las versiones que cada nuevo narrador quisiese incorporarle. Con la historia del tío Anatoli me di cuenta de que la forma primera de escritura es la habladuría, el chisme, la invención adornada de un determinado modo para que quede adherida en la memoria de aquel que la haya escuchado incluso cuando se crea olvidada. En casa la literatura la hacían las mujeres, la más ágil era la abuela. Era una literatura que se escribía con sonidos, normalmente sobre la encimera de la cocina.

Me inclino a pensar que todo escritor es una especie de lector transfigurado, alguien que ha dado un paso y ha decidido ir más allá. El acto primero de escritura no requiere de menos valor que el de tirarse de un paracaídas o escalar una montaña. A ese valor hay que sumarle cierto egocentrismo, cierto narcisismo que te hace creer que la versión de tu mundo de algún modo es más interesante que la del resto y debe ser compartida, eso no está muy lejos de la actitud de las folklóricas. Por último, se necesita tiempo. En mi caso ese tiempo no era robado a las rutinas diarias, como ahora; entonces me sobraba tiempo y me faltaba todo lo demás, principalmente dinero y amigos. Mi madre atravesaba una crisis personal, vivíamos rodeados de campos de golf y el supermercado más cercano estaba a varios kilómetros. Apenas había quien hablase castellano en el barrio y mi única distracción, más allá de una playa negra cubierta de cantos grises, eran los libros que me prestaba Emilia.

Comencé escribiendo algunos poemas y textos breves. Me di cuenta de que podía hacer toda clase de obscenidades, acostarme con el novio de mi mejor amiga del colegio, hacer que el matón que nos llamaba maricones durante el recreo en el fondo se muriese por nosotras, construir una casa y decorarla como me diese la gana, continuar las historias de aquellos personajes que más me habían gustado y quedaban interrumpidas.

Escribir tuvo mucho de aburrimiento, de no poder hacer nada más allá de la escritura, y me salvó del naufragio y me enseñó cierta autarquía propia del que vive atrapado en la pecera de la isla, que nada tiene que ver con lo terapéutico, sino con el individualismo más agresivo, una índole de principio activo que se encarga de crear lo inexistente en una vida por lo común insignificante.

Le planté mi primer manuscrito, un puñado de poemas mal ordenados por temáticas, a una editora de Santa Cruz. Tenía diecisiete años, y para mi asombro la mujer me llamó a las pocas semanas y me dijo que le gustaba. Dediqué el libro a un bailarín que había visto en una actuación de flamenco, en la que una antigua amiga de Manolo cantaba. Fue el primer flechazo. El primer impulso. Al año siguiente conocería al cubano y todo aquello me daría una vergüenza horrible.

Cuando llegó la caja con mis ejemplares y mi madre abrió el libro por la página de la dedicatoria, tembló de rabia, se puso roja y se fue a su cuarto. No dijo nada durante días. Al volver del instituto me la encontré en el cuarto de la plancha, pletórica, tarareando algo. Me dio un beso como si no hubiese pasado nada. Sobre la tabla de planchar había unas tijeras, en un rincón junto a la caja de los libros, una bolsa negra llena de papeles arrugados.

53

El intercambio

De las dos cosas que Gala le hizo prometer a Elena antes de morir, esta cumplió la que no debía. Volvió con el marido y olvidó a la hermana.

Nina no sufrió tras el funeral, como le había ocurrido con el del padre. Se acostaba todas las noches sabiendo que Gala vendría a verla, que hablarían sobre los quehaceres del campo, se reiría con sus ocurrencias y la regañaría por sus meteduras de pata. Después de cada visita Gala le preguntaba si quería irse con ella. Y Nina lo dejaba pasar, «aún no, mamá». Y se levantaba antes del amanecer para partir leña y darle de comer a los animales.

Se instaló en la casa de la tía Marusya, la segunda de las hermanas maternas. Le enseñaron a no hacer preguntas y dejarse ver lo menos posible. La tía Marusya no la trataba mal, pero le enseñó a comer deprisa y a no paladear lo que tragaba, a dar las gracias por las sobras y a no pedir afecto, a no quejarse por nada, a no sentir dolor, calor ni frío. Le enseñó que su lugar estaba en la huerta y junto al establo. Le enseñó que la mayor recompensa era llegar destrozada a la noche y desplomarse en la cama.

La casa de Nina la ocupó la nieta mayor de la tía Marusya. Ese había sido el trato. Cuidarían a Nina a cambio de que la nieta pudiese vivir en la ciudad. Al poco de graduarse, Anna se casó con un chico apuesto que no tardó en darle mala vida. Tuvieron una niña que llamaron con el nombre de la madre. Había algo desagradable en la pequeña, no lloraba y apenas dormía, devolvía al poco de ingerir los alimentos que la madre tanto se esmeraba en hacerle tragar. La pequeña Anna tenía una mirada azulísima de reproche, de anciana furibunda, llena de incógnitas y estrellada de patas de gallo. El padre nunca la quiso, le producía repulsión. Y en cuanto aprendió a andar, este no dudaba en cerrar la puerta del dormitorio, sin hacer caso a los pataleos y los extraños ruidos guturales de la pequeña Anna.

A Nina la llevaban a su piso a modo de recompensa. Almacenaron la mayoría de sus recuerdos y sus pertenencias en un trastero del sótano. Cuando preguntaba por sus fotos y sus vestidos, le decían que para qué los quería en el pueblo. Se iban a manchar, se iban a perder, le decían. Ese no era lugar para objetos tan valiosos, estaban mucho mejor en el sótano, junto a la lenta corrosión de la humedad y el paso del tiempo. Cuando el marido de Anna se negó a trabajar, solicitaron a Nina las cuatro perras de su pensión de invalidez con la excusa de pagar los gastos de la vivienda y hacer una reforma en el cuarto del balcón. Nina no rechistó, y ofreció unos diminutos pendientes de oro y un anillo que se tuvo que quitar con jabón y un trozo de hilo. Lo aceptaron en silencio.

Cuando llamaba Elena le decían que no contara nada, y sobre todo que no sonriera para que no se le viese la boca desdentada. La tía Marusya a veces le pedía dinero a la sobrina para carbón o para reparar una parte del tejado, o para comprar ropa nueva a Nina. Ese dinero nunca llegaba, la nieta lo recibía y no se volvía a saber de él.

La tía Marusya había tenido dos hijos. El mayor desapareció en Siberia, nunca supieron el motivo ni pudieron encontrar el cuerpo. Era un hombre musculoso de rasgos afilados, propenso a las reyertas y a los negocios turbios. El menor vivía con su mujer a pocos kilómetros, en el mismo pueblo. Hacía años que no trabajaba y se le conocía a una legua a la redonda por pedir prestado para comprar aguardiente a una anciana que lo destilaba. La tía Marusya también destilaba aguardiente para sacarse algunas grivnas de más con el fin de ayudar a la nieta y a la bisnieta. Un día encontró al hijo menor en el cobertizo donde hacía el fermento para el aguardiente, en unas damajuanas de quince litros. El hijo le reconoció que llevaba varios días ahí, y la tía Marusya observó una de las botellas vacías. El hijo se lo había hecho todo encima, estaba hinchado de alcohol y apenas se le veían los ojos. Tenía sangre en la barba y sobre la camiseta de tirantes, que algún día debió de haber sido blanca. La madre no preguntó, pero dio por hecho que la mujer lo había echado. Mandó a Nina a que llamase al vecino para instalar un cerrojo en la puerta del cobertizo donde preparaba los fermentos. Cuando el hijo menor se dio cuenta de que la madre guardaba sus destilados bajo llave, comenzaron las palizas.

Tenía tres registros: o estaba enfadado, o estaba cariñoso, o estaba violento. Esos tres estados se correspondían con las tres partes del día y con la cantidad de alcohol que había pasado por su cuerpo. Era cíclico, y las dos mujeres sabían que por la mañana y al anochecer era mejor evitarlo. Sin embargo, entre la hora de la comida y la puesta del sol era un hombre feliz y risueño. Insistía en jugar a las cartas y cantar canciones, brindaba por el hermano desaparecido y la tía Gala, y se ofrecía a hacer labores de la casa. Durante esas horas del día se mostraba especialmente cariñoso con Nina. Los hijos del vecino comenzaron a visitar con sospechosa frecuencia la casa de la tía Marusya, comenzaron a mirar de reojo al hijo ebrio, intentaban no perder de vista a Nina con sus vacas cuando se la encontraban en el campo. La exmujer había hecho correr un rumor por todo el pueblo, rumor al que, por inocencia o por perfidia, Nina y Marusya siempre hicieron oídos sordos.

Nina le contó que habían vendido sus pendientes para pagar los gastos del piso, le dijo que se sentía rara sin pendientes. Y él le hizo con manos temblorosas unos ganchos de alambre oxidado a los que amarró como pudo dos abalorios desiguales que encontró en su caja de herramientas. En unos días los lóbulos de Nina no tardaron en infectarse y pese a la insistencia de la tía Marusya se negaba a quitárselos, porque eran unos pendientes preciosos, alegaba, y porque se los había hecho el primo, y porque ella no quería ir por el pueblo sin pendientes.

En la casa no había cuarto de baño. Salió de noche al cobertizo porque no podía aguantar más y el orinal estaba lleno. Se lo encontró sentado sobre un tocón, haciendo un movimiento mecánico con la mano. A sus pies, junto a los pantalones, una botella vacía.

Le exigió un pago a cambio de los pendientes de alambre. Nina forcejeó. Quiso gritar, pero el hombre le tapó la boca. Notó algo duro frotándose contra su espalda, sobre la cintura, recordó el abedul. Le mordió con fuerza y sintió cómo se le caían dos dientes. El hombre aulló y Nina soltó un grito. La tía Marusya salió a la veranda y vio luces en la casa vecina. Corrió descalza por el barro para subirle los pantalones al hijo borracho. Nina gritaba como una posesa. Cuando llegaron los vecinos, armados con un atizador y varias linternas, pensando que habían entrado ladrones, encontraron a la tía Marusya arrodillada ante el cinturón desabrochado del hijo y a Nina tirada en el suelo agarrándose las orejas. Cuando la tía Marusya vio que Nina tenía ambos lóbulos rasgados, ordenó a los hijos del vecino que corrieran a avisar al médico. Le puso dos trapos en las orejas a Nina, arrancó los pendientes de los puños cerrados de él y los arrojó a los cerdos. Restregó con fuerza las manos del hijo para quitarle los restos de la sangre seca, mientras las toallas que Nina apretaba a ambos lados de la cabeza goteaban.

54

Rúa Mayor 55

Dejé la piedra sobre la consola castellana de la entrada. Estaba perdido. Él estaba en otro grupo y coincidíamos solo en algunas asignaturas de literatura. Se llamaba Luka, era de origen argentino pero criado en el País Vasco, medía dos metros y el alcohol acentuaba sus ojos rasgados, sus pómulos prominentes.

Abrió un poco los brazos y barrió el gotelé de las paredes del pasillo con los dedos, la litrona a medias, que llevaba en la mano derecha pinzada con el índice y el pulgar, chocó contra el marco de la puerta del salón. Se la quité y le di otro trago a gollete. «Ahí tengo más. ¿Te parece?». «No sé, no tiene mucha luz, pero es amplio», le contesté. Caminó por el apartamento con la confianza de los que vuelven a la casa familiar tras una larga ausencia. Recorrió las estanterías con un tamborileo de los dedos. Inspeccionó frascos y estatuillas, miró por las ventanas, comprobó la calidad de las cortinas, y luego la dureza del sofá. «Me meo», soltó de pronto.

«Sí, aquí a mano derecha, la segunda puerta». «Esto está caliente», me dijo señalando la botella. «Allí hay más». Y me metí en la cocina en busca de cerveza fría. Se asomó por encima de mi hombro y silbó al ver el interior del frigorífico. Yo estaba en ángulo recto, intentando desprender dos latas de la malla plástica; él estaba detrás de mí, a menos de un palmo, se estaba desabrochando el pantalón. Cuando el cinturón tintineó me incorporé y me volví hacia él. Por la bragueta abierta de los vaqueros asomaban unos calzoncillos de algodón a cuadros rojos. Saqué dos copas sidari de cristal azul, que aún no había estrenado. El estruendo se oía por todo el pasillo, había dejado la puerta abierta. «¿Quieres comer algo?». «Bueno, si tienes algo», dijo alargando las palabras. «Ahora vengo». «¿Puedo cotillearte los libros?», preguntó cambiando el tono. «Sí, sí, claro, aunque dudo que te guste alguno». Tenía pinta de leer a Bukowski, como mucho a Hemingway, pensé. No le veía yo muy interesado por la poesía de José Ángel Valente o Pepe Hierro. Puse algo de embutido y unos picos. Se veía que no había comido y que las litronas habían hecho estragos. Pero por extraño que pareciese sus formas eran especialmente refinadas, movía las manos con cierta pluma pero que en él resultaba masculina, estaba cruzado de piernas y apoyaba un codo en el respaldo del sofá. Yo voy a ser poeta, ¿sabes? Como Bolaño, un perro romántico.

La conversación debió de resultarnos estimulante, aunque la mantuvimos en los términos propios de las personas que aún no se han desencantado. Yo buscaba hacer crítica literaria, de modo que puse a todo el mundo a parir; él me explicó que quería sentir cosas, ponerse cachondo con los libros, principalmente lo que le interesaba era pajearse leyendo, experiencias sexuales con la literatura. Y me habló de los *beats* y en concreto de William Burrough y yo le señalé una edición de *El almuerzo desnudo,* que él localizó al instante, en cuya cubierta aparecía una especie de molusco fálico que recordaba a un feto.

Le prometí escribir un relato que le pusiera cachondo. «En esta misma casa, aquí mismo si quieres», le dije. «No, espera, aquí no», y se levantó y recorrió el pasillo hasta la puerta del dormitorio. Me interrogó con la mirada pero no pidió permiso. Cuando llegué estaba tirado en la cama y había encendido una de las lamparillas de noche. El aspecto femenino del dormitorio, con un cabecero antiguo y una colcha malva a juego con las cortinas, contrastaba con su aspecto de desaliño y su cuerpo enorme, enfundado en ropas negras y anchas, abierto en cruz.

Recordé la piedra que había dejado en la entrada. Y supe que estaba perdido. Me apoyé en la pared y lo miré, a punto de dormirse por la cogorza. «Venga, levanta, que ya está amaneciendo. Vamos a desayunar». No era una propuesta, era una orden. «El desayuno vestido», murmuró y sonrió con los ojos cerrados.

Bajamos a la panadería Berlín y nos pedimos unos hojaldres de jamón y queso de cabra. Nos sentamos en el mismo sitio donde nos habíamos encontrado la noche anterior, frente a la esquina que hacía el Palacio con San Sebastián. Comenzaban a doblar las campanas y hacía frío. Me he olvidado la mochila en tu casa. Bueno, está aquí al lado, puedes subir. Creo que hoy no iré a clase. Yo debería. Y qué tal si me paso por la tarde y la recojo. Después de las seis, que tengo medieval. Hecho. Oye, en la mochila hay un libro, te lo puedes quedar.

Me encontré la mochila sobre la cómoda donde estaba la piedra. Era una mochila negra muy desgastada, apenas pesaba. Encontré una litrona vacía, un paquete de filtros y un libro plateado: *Mi filosofía de A a B y de B a A,* de Warhol. Metí en su lugar *Fuera del mundo,* de Luis Antonio de Villena y uno de esos libros míos a los que les faltaba la dedicatoria. Volví a ponerla, pero esta vez cambiando el nombre.

55

Nínochka

El médico dijo que si no llega a ser por la intervención de los vecinos lo hubiesen matado. La mujer se presentó de madrugada en casa de la suegra acompañada por la hermana. Encontraron al hombre dormido en un banco en la parte trasera de la casa, agarrado a una botella. Cogieron dos palas del cobertizo y arremetieron contra el hombre sin miramientos, sin importar donde cayeran los golpes. Al oír los gritos de la exmujer, que no paraba de repetir «Primero la niña y ahora esto. Yo te mato, malnacido. Por lo más sagrado que yo te mato...», la tía Marusya salió corriendo de la casa pero no consiguió detenerlas. Despertó a Nina y le dijo que fuese a avisar a los vecinos, que ellos eran jóvenes y fuertes. Nina corrió a dar el aviso sujetándose el vientre. No solo habían destrozado al hijo de Marusya, habían reducido a astillas parte del banco. Se salvó de milagro. Desde entonces durmió sobre un jergón en el establo.

La tía Marusya afirmó que no nacería, era imposible. Y de nacer saldría una criatura deforme de la que se desharía en el lago como solía deshacerse de las camadas de gatos. La nuera no quiso escuchar aquello y le dijo que era tan salvaje como su hijo. «La madre tendrá algo que decir, supongo», alegó. La tía Marusya dijo que la madre ya tenía bastante con lo suyo. Concluyó que lo más razonable era no alargar aquella situación y llevarla a Baba Marfa, que durante la guerra se había encargado de hacer lo propio con las que quedaban preñadas de los alemanes.

En cuanto le dijeron que tenían que ir a ver a Baba Marfa, Nina subió al sobrado y permaneció allí varios días durmiendo entre las gallinas y chupeteando granos de maíz seco. Si alguien intentaba subir, amenazaba con empujar la escalera. Solo accedió a que uno de los hijos del vecino le subiera una botella de leche de cabra. Desde entonces creyó que la criatura era de él.

Anna no se inmutó. Conocía de sobra a su padre. Sus temores se habían cumplido, que pasara una desgracia como esa solo era cuestión de tiempo. Dijo seca a la madre que ya se lo había advertido, cómo se le ocurría dejar a ese energúmeno alcohólico con dos mujeres indefensas.

Acordaron que, en el caso de sobrevivir la criatura, la registrarían como hijo de Anna. Con unos cientos de grivnas sería suficiente para sobornar a los del registro.

La tía Marusya lo comparó con lo que le había pasado hacía unos meses a Manchita, una de las vacas. Le puso una cuchara de madera en la boca desdentada y dijo que apretase. La criatura se escurrió entre sus piernas al poco. La tía Marusya se la llevó de la cocina para inspeccionarla en la veranda, a la luz del día. Era niña y berreaba. No parecía tener ninguna anomalía.

La niña abrió los ojos al primer ronquido de Nina. Eran tan azules como los de ella, de un azul oscuro. La tía Marusya empapó una gaza con leche tibia y se la introdujo en la boca, la madre no tenía leche.

Unos días antes de que se la llevaran, tía Marusya llamó a Baba Marfa para que reconociera a la niña. «Que no se entere nadie, Marfa», advirtió. «Son las cosas de Nuestro Señor, las que nos están veladas», sentenció la vieja.

Emborracharon a Nina con aguardiente de moras. Cuando se despertó y vio que la niña no estaba se volvió loca. Trancaron la puerta y la intentaron atar a la cama. La encontraron de noche, mugrienta, entre los juncos del lago, desnuda de cintura para arriba, dándole de mamar a un monigote que había hecho con su propia camiseta rellena de rastrojos.

56

El viaje

—No, no. Luka no acabó la carrera, la dejó y se puso a trabajar de camarero en La taberna del Ángel —le expliqué a Jesús una noche.

»Pues fue bastante dramático. Yo estaba obsesionado con él, y él estaba obsesionado con el mundo. Quería probarlo todo, quería sentirlo todo, quería acostarse con todas y con algunos. Eso era para él ser poeta, lo que no sabía es que le estaba dando un gilbiedmazo y que lo que él en realidad pretendía era ser poema. El poema de cualquiera que se le pusiese por delante, cualquiera que estuviese dispuesto a entenderlo en la cama en términos literarios.

»La última noche de ese primer curso, ya hacía calor, era después de las recuperaciones, nos emborrachamos y al salir del bar, en eso que llamábamos la esquina de los cuatro coños, un cruce entre la Casa de las Conchas y la Clerecía, nos arrojamos el uno encima del otro. Nos dimos unos besos como puñetazos, unos besos a mordiscos que apestaban a garrafón y a Coronas, unos besos que eran reproches. Subimos a mi casa y aquello no funcionó. Ni lo suyo, ni lo mío. Se fue enfadado, como si algo de su hombría pasiva hubiese quedado incompleto, insatisfecho. Debía ser la primera vez que le pasaba; a mí desde luego que no. Mala amiga la botella para estas cosas».

Con los años he ido desarrollando una especie de inclinación a relacionar personas y lugares importantes que nada tienen que ver entre sí. Del mismo modos que los que más o menos he querido han pasado por Málaga, me empeñé en vincular a Jesús con Salamanca.

Hacía años que no nos veíamos. Luka se había ido ese primer verano de la carrera y, según supe por una amiga, había vuelto, poco antes de mi ingreso en l institución de Málaga, para montar un bar.

Habíamos intercambiado algunos *emails* durante los últimos meses. Le conté que estaba escribiendo y que me gustaba un chico. Él me dijo que se había echado una novia y que el bar lo tenía absorbido. Poco antes de Semana Santa me propuso que fuera a hacerles una visita. Tenía un cuarto de invitados con un colchón que habían recogido de la basura. Antes de aceptar le pregunté si podía ir acompañado.

Me costó lo suyo convencer a Jesús. Consideraba que aquello era inadecuado, que debería dar alguna explicación a los padres. Además dormir juntos una semana podía complicar las cosas. Llevábamos meses compartiendo una cama de noventa, y eso que a mí me sobraban algunos kilos, y dormir una semana le parecía complicar las cosas... Al final accedió, pero con la condición de pasar antes por su casa de Sevilla.

Me presentó como un amigo de la residencia artística. Los padres no hicieron más preguntas. Había algo muy nórdico en esa casa, pese a los pestiños y la devoción a la Esperanza; no se hacían preguntas. Las cosas que se querían contar se contaban y se respetaba rigurosamente el silencio. Ese debía ser el secreto. Una especie de contrato del decoro, un trato respecto a la privacidad de cada uno, sin jerarquías ni superioridades. Envidié aquella casa y su mesurada alegría. Nada se hacía en exceso, practicaban una especie de contención fruto de la cual nacía un equilibrio que yo nunca conseguí en mi vida en común con Jesús pese a intentarlo a diario. Yo era, sigo siendo, proclive al drama y a los volantazos emocionales. La serenidad me aburre, la quietud me paraliza.

El viaje se hizo larguísimo, aquel autocar paró en todos los pueblos de la ruta de la Plata. Jesús estaba desesperado, no estaba acostumbrado a tantas horas de trayecto, y mucho menos en autobús. Cuando nos bajamos no me dirigió la palabra en media hora. Luka nos fue a buscar a la estación y nos llevó a su casa. Un piso de estudiantes con humedades y muebles desvencijados que habían intentado convertir en hogar llenándolo de garipullos jipis y velas aromáticas. Parte del salón tenía una biblioteca bien nutrida, parecía que estaban de mudanza o que les acababan de robar. «A Siles le pasa lo mismo», arguyó Luka.

La chica se llamaba Rebeca y era una belleza de ojos negros y medio cuerpo tatuado. Me los imaginé en la cama y agarré instintivamente a Jesús de la mano, me agarré a él, como si buscase un punto de apoyo. Nos instalamos en una habitación rosa con un taburete a modo de mesilla de noche, un colchón con manchas de indudable origen, y cuatro perchas colgadas de un clavo sobre la pared. Jesús entornó los ojos. Yo me encogí de hombros.

—Podemos coger un hostal.

—No lo empeores…

El bar se llamaba Cesárea Tinajero, los estudiantes le decían el Tina. Era un local de mala muerte como todos los de La Latina. Cerraban muy tarde aprovechando el hartazgo de los alumnos rezagados que pretendían memorizar en la biblioteca en tres días, con sus respectivas noches, todo aquello que no habían retenido a lo largo del año.

En el Tina ponían litronas a cuatro duros y una serie de tapas que harían las delicias del Buscón. Era mejor emborracharse primero, para evitar preguntarse de qué estaba hecha aquella comida. Los ayudaba un chaval delgado, vestido como un roquero, con melena rubia y lleno de *piercings,* estudiaba biología.

Jesús estaba que se caía, y Rebeca se ofreció a llevárselo a casa. Yo me negué y le propuse que se echara una cabezadita sobre unas de las mesas mugrientas. Estábamos rotos del viaje, pero yo me empeñé en rememorar los años de carrera y comenzamos berreando a Sabina para acabar, a persiana echada, con canciones de Chavela acompañadas de una botella de mezcal (del bueno), que Luka atesoraba en una balda superior de la despensa. Uno a uno los cofrades del bar se fueron marchando, y quedamos el roquero,

Luka y yo. Nos acabamos la botella buena y varias malas. Luka acabó subiéndose en la barra y bailando algo de Extremoduro. El roquero se desmelenó y se quitó la camiseta, recuerdo que tenía un *piercing* en un pezón, era un mono colgado de una barra. No tengo un recuerdo nítido de lo que pasó. Recuerdo ir a mear, apoyarme con una mano en la pared para no caerme. Al poco apareció Luka y meó a mi lado, en el mismo inodoro. Nos liamos. Al poco vino el roquero. Nos liamos los tres.

Recorrimos las dos calles hasta el apartamento de Luka en silencio. Poco antes de llegar a Palominos y descender la calle, lo cogí de la mano y me lo llevé en la dirección opuesta, hacia Compañía. Me senté en la escalera de la Clerecía y él se puso encima. Era mucho más grande que yo, me gustó notar su peso. Lo comparé con Jesús. Enseguida intenté espantar a Jesús de mi mente. Desabroché la camisa de Luka y hundí la cara en el vello de su pecho. No sé cuánto tiempo estuvimos ahí. Nos quedamos dormidos en la escalera.

Llegamos a la casa al amanecer. Intenté meterme en la cama sin hacer ruido. Miré la cara de Jesús, acurrucado contra la pared, tenía el reloj de pulsera en la mano.

57

Happy ending

Durante el desayuno Rebeca no paró de mirarme por encima de su taza de café. El muy gilipollas del Luka se lo había contado. No sabía dónde meterme. No pude evitar imaginar a Rebeca en el lugar del roquero, y durante una milésima de segundo me arrepentí de haber invitado a Jesús a aquel viaje. No fui capaz de reconstruir bajo un orden cronológico exacto los hechos de la noche anterior. Ni de distinguir los alientos, ni los sabores, ni a cuál de los dos miembros correspondía cada sabor. Solo recordaba el peso de Luka sobre mis caderas y el tacto del pelo de su pecho en mi cara. Y el dolor de espalda… A quién se le ocurre dormirse en una escalera.

Jesús quería ver la Catedral y visitar la Casa Lis. El sol nos golpeó cuando salimos a la calle Palominos, que daba a la parte trasera de mi facultad, frente a la biblioteca. Había pasado horas fumando al otro lado de esas rejas y espiando a un chico de Valladolid que nunca me hizo mucho caso, aunque sí vino a casa varias veces. Coincidimos en la fiesta de unos amigos en común y fingió no conocerme. Llevábamos años manteniendo una relación atropellada, nos habíamos acostado varias veces y yo intenté con él algo para lo que él aún no estaba preparado. Yo no quería solo sexo y a él le espantaba la idea del amor. Le había escrito algunos textos. Y nos llamábamos con cierta periodicidad. Estudiaba filología francesa. Era un ser huraño, con un pelo trigueño y ondulado precioso.

—Bueno, creo que ya se puede decir que somos pareja, ¿no?

Aquella frase de Jesús fue como una puñalada. El sol me azotó la cara. Había un silencio inusual en las calles vacías de estudiantes. El pitido de la resaca se mezclaba con los tambores de una procesión lejana y el sonido próximo de una avispa.

Hasta entonces nunca me había sentido tan culpable. Lo justifiqué internamente como una despedida, no como una infidelidad. Además, si acabamos de hacernos novios, tampoco puede considerarse una infidelidad aunque para mí por alguna razón lo sea, razoné. Visto de un modo objetivo, hasta hace tres segundos no éramos más que buenos amigos. Unos buenos amigos que llevaban meses durmiendo juntos, que estaban enamorados, que no entendían la vida sin el otro, pero a fin de cuentas solo unos buenos amigos.

Sonreí con incredulidad. Me acordé de los estigmas de las manos, del dolor físico que me producía verlo en el convento de Málaga, el dolor de saber que no puedes aspirar a algo, como el pobre que no puede permitirse un producto en el supermercado, o la madre sin recursos que no puede costear la carrera de su hijo.

Recordé unos versos de un profesor de latín que describían la belleza como la fulguración natural de las cosas. Las ventanas de su despacho daban a esa calle, mis ojos intentaron buscar su rostro tras alguna de esas ventanas, como la confirmación divina para dar el paso, pero el sol las cegaba. Pese a sentirme tan puta, presa de mis impulsos, de una especie de avarienta melancolía por los cuerpos perdidos, como un Tántalo posmoderno empeñado en reconstruir algo inalcanzable, miré a Jesús y por mi cerebro cruzó la palabra milagro.

El tren de vuelta hacía enlace en Madrid. Tras la semana de excesos estábamos agotados y ansiosos por volver a nuestra confortable rutina creativa.

—Del uno al diez, ¿cuánto te has acostado con Luka?

No me esperaba esa pregunta. Pensé en la educación nórdica de Jesús, el cuidado de sus padres por no hurgar en lo que aún no se ha aceptado. Mi premisa contemplaba el hecho de no decir algo, pero responder a una pregunta con una mentira, nunca. Primero quise decir uno, pero luego entendí a lo que se refería. Para mí acostarme era un acto, no era algo cuantificable, o te acostabas o no. Para Jesús era a la inversa, él medía los polvos con un particular sistema de entrega que resultaba cuantitativo.

—Como un seis —le dije, sabiendo que para él menos de un notable era equiparable a la nada. Me equivoqué.

No me dirigió la palabra durante el resto del viaje, ni tampoco lo hizo en el taxi que tomamos hasta el centro de Málaga, ni tampoco en los quince días siguientes. Pensé que me iba a volver loco. No sabía cómo arreglar esa situación. Pensé en escribirle algo, pero no conseguía poner mis propias ideas en orden. Hablé con Gabriela y me dijo que era un capullo, y si me estaba castigando bien merecido que lo tenía.

Me remordía la idea de que mientras yo me acostaba con Luka y el otro camarero, él contaba los minutos de mi vuelta, me estaba esperando despierto, para decirme que ya éramos novios. Quiso hacerlo esa primera noche, en Salamanca, frente a la biblioteca del Palacio de Anaya, pero yo no aparecí. Quiso que el recuerdo último de esa ciudad que tanto me había maltratado fuese bueno, pero yo me empeñé en cagarla una vez más. Yo andaba en busca de mi pasado, en busca del poema imposible, en busca de la fuente de la eterna juventud que comenzaba en la boca de Luka y me llevaba al otro lado del Palacio de Anaya, donde nos encontramos cinco años atrás; a una historia imposible que me empeñaría en resucitar una y otra vez con el transcurso de los años. Una historia que dio comienzo a nuestra relación y que acabaría destrozándola.

—Que sepas que este enfado no es definitivo. —Jesús estaba apoyado en el marco de la puerta de su cuarto, poco antes del desayuno. Me lancé sobre él y lo abracé, y murmuré perdones como si fuesen un mantra.

Porque en la vida los olvidos no suelen durar.

58

Plaza del Ángel, 1

Una vez más fue Gabriela la que nos salvó. Ella fue la culpable de hacernos ver la importancia de instalarnos en Madrid. Los dos teníamos algunos ahorros y pocas ganas de separarnos. Jesús quería probar suerte con las galerías y yo en el peor de los casos tenía los ingresos asegurados como profesor de lengua y literatura. Unos amigos de Gabriela se trasladaban a Berlín y dejaban un piso en pleno centro. Tras hacer unos cálculos, Jesús y yo nos lanzamos a la aventura. Gabriela había estado en el piso y aseguraba que era amplio y espacioso. No tenía un ángulo recto en sus setenta metros cuadrados, pero estaríamos cómodos. Tenía dos dormitorios, cocina independiente y un baño amplio. El menor de los dormitorios, que era exterior, lo podríamos convertir en un pequeño estudio.

Las últimas semanas en Málaga fueron traumáticas. La única que había concluido con éxito su proyecto literario era

Gabriela y estaba ansiosa por llegar a Madrid y probar suerte en distintas editoriales. Valeria se despidió de todos, incluyendo al guapo escritor que llevaba todos esos meses tirándose, como si se fuera a morir. Alegó que ella era un desastre y que no le gustaba alargar las amistades si no podía tener un contacto diario. Yo le dije que la llamaría y que Madrid era muy grande pero no lo suficiente como para no coincidir en algún bar.

Estábamos a punto de perder un confort y una tranquilidad que nos costaría años recuperar, y éramos conscientes de ello.

Jesús, tan propenso a somatizar los disgustos que le suponía el menor de los cambios, cayó enfermo la última noche y tuvo que guardar cama durante tres días. Comenzaba a hacer un calor sofocante y el convento, un avispero de actividad y de gente, se quedó desierto. Solo el secretario de nuestro mecenas y algunas personas de limpieza se dejaban ver de vez en cuando. Esto me permitió recoger con clama mis cosas y las de Jesús, recorrer algunos sitios por los que aún me duele pasar, y despedirme de los lugares, que era algo que Jesús me había enseñado.

Lo mandamos todo por correo y llegamos a Atocha con dos mochilas que contenían una muda y el neceser. El piso nos sorprendió gratamente y la antigua inquilina tuvo el detalle de dejarnos una botella de vino y unas frutas. Jesús recorrió con cuidado el piso, analizando cada imperfección, sopesando el gasto que supondría adecentar aquello. Lo primero que hice yo fue desnudarme. Hacía un calor bochornoso, así que me quité la ropa, puse un vinilo al azar en un viejo tocadiscos que estaba junto a la mesa del comedor y descorché la botella de vino. Jesús no vio con buenos ojos lo del hielo con el vino blanco, pero era mejor que tomárselo caliente. Insistió en que me vistiera, que me iban a ver los vecinos, que un poco de por favor, que es que eres una descarada, maricón. Lo único que podía hacer ante mi indiferencia era correr las cortinas. Nos sentamos en el sofá e hicimos una lista. Él vestido entero de negro, con las piernas cruzadas y mordisqueando un lápiz mientras anotaba. Yo despatarrado, con los pies encima del respaldo del sofá, la botella de vino vacía en el suelo y los dedos metidos en la copa jugueteando con los hielos a medio derretir.

Habíamos pedido que retiraran la cama del dormitorio pequeño, teníamos que comprar otro escritorio, un par de estanterías y una alfombra para completar el estudio. Jesús se encargaría de las plantas y yo del menaje. Según él, había que cambiar las cortinas y quitar dodos esos cuadros horribles y meterlos bajo el canapé. Yo propuse hacer una fiesta cuando estuviese todo a nuestro gusto.

—¿Y a quién invitamos? —preguntó—. Si aquí solo está la Gabi y el novio.

—¡Y la Petricor! Qué ganas tengo de que la conozcas.

59

La fiesta

—¡Niño, no toques las fotos!

—¿Esto dónde es, tito?

—Que no me llames tito, niño, llámame David.

—O Mari, o Mary, o marichocho —apunta la Petricor—. Que esto aquí no es ofensivo, es lo que está de Dios.

—Eso, hijaputa, tú enséñale bien al niñato este para que acabe de perderme el poco respeto que me tiene.

—Tito, ¿y esta en la que hay tanta gente dónde es?

—Que te está hablando, David.

—Que ya lo sé, hijaputa. Qué te pasa, niño. A ver, trae, que hasta que no te lo diga, la Petricor no se va a callar; menuda defensora te ha salido…

—Qué jóvenes estáis.

—Mira, yo te voy a dar un guantazo que se van a enterar hasta en el pueblo ese de tu madre de Navarra.

—Deivi —la Petricor cuando quiere decirme algo importante se pone inglesa—, recuerda que todavía tenemos que hacer el menú, aclararnos con el asunto de las flores y completar la lista de invitados.

—Pues estás siendo de mucha ayuda ahí sentada con el mentolado y el copazo.

—Es que no te aclaras. Desde que te has vuelto pobre y multipropietaria no hay quien te entienda. Recuperas algo que era tuyo pagándole una pasta a tu ex, que se ha enrollao con otro chulazo, y encima te empeñas en hacer una fiesta de despedida. ¡Tú estás en las últimas, maricón!

—Hombre, algo de razón tiene la Petri…

—¡Niño, un respeto! Que para ti se llama Rafael.

—Deja al crío, David, que me llame como le salga del alfajor.

—Yo hago lo que me dé la gana. Nosotros ya no somos nada, pero seguimos siendo familia. Y el chico ese no es tan malo, no tiene blanca, pero hacen buena pareja. Además tú sabes cómo es Jesús…

—¿Entonces hacemos fondiu o es un engorro? Hacer canapés y cosas para picar sería más cómodo.

—Quiero que vengan los mismos. Y poner lo mismo de comer.

—Uy, pues no sé yo si a la Valeria la vamos a localizar, que está que no para la tía. Pero mira, por lo menos el comercio y el bebercio te van a salir baratos.

—Niño, trae esa foto.

—Por Dios, por Dios, por Dios. Hace tres mil años luz de esto, ¡no se había inventado ni el preservativo! ¿Cuánto tiempo estuvisteis ahí, David? Como seis años, ¿verdad?

—Sí, hasta que se me ocurrió comprarme esto, que no sé en qué demonios estábamos pensando…

—La casa estaba que se caía, pero qué recuerdos, maricón. ¿Te acuerdas cuando subió la policía y nos encontró a todas medio desnudas y la Valeria bailando bulerías en tetas sobre la mesa del salón? ¡Y la Gabriela con una peluca haciendo de Tina Turner!

—Lo peor es que hacía de la Turner por Bambino.

—Es que es de Coruña, qué quieres, hija...

—A ver, Petricor, apunta: la Gabriela y el Horacio, la Valeria con el guaperas este, que sabe Dios qué habrá sido de él. Tú y tu adjunto, que contáis como parte del servicio pero sin remunerar. Jesús y yo... Y ahora el cenutrio este de sobrino que me han endosado y el chulazo de la competencia. ¡Anda que ha mejorado la cosa, Petri!

—Niño, ¿tú no quieres traer a alguien?

Supongo que tendré que ceder por una vez:

—Invita a quien quieras, venga, pero dile que nada de perfumería, que luego me deja todo apestando a Anaïs-Anaïs y esto parece la casa de mamá.

—Por cierto, ¿cómo está tu madre con todo esto, David?

—La cosa pinta chunga.

—El que faltaba, el politólogo de la familia, coño. Pues imagínate cómo estará. Se han ido al pueblo. Está preocupada por la tía Nina...

No quiero pensar ahora en eso. Lo importante es la fiesta. Comprar las flores adecuadas, esterlicias y *Anthurium* blancos, que fueron las que puso Jesús en la casa del Ángel. Elegir la música adecuada y ver si viene alguien más. La Pálmer y Queralt aún no me han confirmado, pero mejor así, que con esta fauna igual se asustan los pobrecillos.

Jesús por entonces comía *pizzas* y hamburguesas, luego le dio por hacerse vegana, pero creo que con un par de copitas de Disaronno alguna porquería de estas de la Petricor se comerá aunque sea a escondidas. Qué manía con esto de la cultura de la culpa, del sentirse mal, del privarse… Al chulazo nuevo bien que se lo come todo.

60

Olivia

No nos pedimos permiso, lo dije yo como lo podría haber dicho él. Los primeros cristianos lo llamaban adelfopoiesis, nosotros no le pusimos nombre. La primera noche nos cogimos de las manos y nos dimos un beso y nos dormimos. Ambos sabíamos lo que eso significaba, lo celebramos a la mañana siguiente con churros y zumo de naranja y acordamos hacer una fiesta con los más íntimos para dar la noticia. No tenía ninguna importancia y a la vez era lo más importante que habíamos hecho. Un acto silencioso, simple y simbólico. Lo que durante esos años fue nuestra vida. Un amor sereno, que rozaba el aburrimiento. Un amor que no exigía espacios ni atenciones, un amor que entendía la soledad que el otro necesitaba.

Durante esos años nos fue bien y decidimos invertir en una propiedad. Yo conocí a una agente literaria que me ayudó a publicar mis primeras novelas mientras ejercía como profesor. Jesús obtuvo una beca y acabó dando clases en la universidad, sin obsesionarse por el éxito artístico, decía que eso iba en contra de su propuesta, él tenía un proyecto espiritual que chocaba con el reconocimiento; si llegaba bien, y si no también, su trabajo artístico respondía a algo ritual e íntimo. El reconocimiento llegó y con él los problemas para exponer su obra. Solía compararlo con esa primera noche que pasamos juntos.

Creo que esto es un auténtico disparate. Una fiesta de despedida, una especie de divorcio, que homenajea un enlace que nunca llegamos a formalizar. La tranquilidad que Jesús me proporcionaba me hacía temer, me producía el temor de perderla un día; me hacía dormir tranquilo por las noches, y por otro lado me daba la sensación de estar desperdiciando mi vida y la suya.

En varias ocasiones le sugerí que abriéramos la relación. Ya no era igual, con el paso de los años nos fuimos enfriando, acostumbrándonos el uno al otro, imitando las caras que poníamos al corrernos, los tics que teníamos al follar, las manías en y fuera de la cama. Poco a poco fuimos convirtiéndonos en caricaturas de nosotros mismos, y donde hubo cierto misterio, algo vedado, algo que nos intrigaba y nos atraía del otro, solo quedaba un trato familiar, una relación sólida y muy bien trabada pero que hacía de nosotros una especie de hermanos, o de amigos, que se entendían al hablar y tenían gustos y aficiones comunes. Pese a ello, se negó a abrir la relación, dijo que eso era o de muy jóvenes o de muy viejas. Era más bien lo segundo, al menos en mi caso.

Me eché un ligue varios años más joven que yo. Yo lo hacía por gula y lujuria, él por dinero. Era consciente de que mi cuerpo le satisfacía tan poco como a mí su conversación, por eso ambos manteníamos a nuestras parejas. Lo dejé cerca de su casa y vi cómo se perdía en el parque dando saltitos agarrado de la mano de un joven. Entendí lo necesario que era mi dinero para su felicidad, al igual que él debía de entender lo necesario que era su cuerpo para la mía, y ambos entendíamos lo necesario que era el silencio para la felicidad de todos. Hay un punto donde uno opta por no elegir, sino por compaginar.

Esa noche había quedado con Jesús en Cristina Oria. Lo encontré desencantado, pensé que se olía algo de mis escarceos, pero no era eso.

—David, es que no me imagino envejeciendo en este cuerpo. Antes no quería envejecer, pero me he dado cuenta de que es inevitable…

Lo interrogué con la mirada, sin entender lo que quería decirme.

—No puedo envejecer en este cuerpo, cariño…

* * *

—Pero, maricón, ¿quién ha invitado a Liza Minelli?

La Petricor cuando quiere hasta se pone graciosa la hijaputa. La verdad es que se parecen, sobre todo por el corte de pelo y los ojos, y el modelito negro y los taconazos. Hay que ver cómo chilla la Valeria, se habrá vuelto muy famosa y muy rica, pero sigue siendo la misma arrabalera de hace quince años.

—¿Y dónde está Halston? —Eso, Petricor, tú mete el dedo en la llaga, cabrona.

—Ahora baja, ha tenido que contestar una llamada.

—Mírate, estás guapísimo, ¿y este cambio de *look*?

—Una que se pone cualquier cosilla y ya...

—La Petricor ha hecho cosas veganas para ti, yo me daría prisa porque no veas lo que come el Horacio…

—David, en realidad solo he bajado para saludaros, pero todo esto me resulta tan incómodo…

—No te preocupes, en peores plazas hemos toreado.

—Sobre todo tú…

—¿Y ese chico no va a bajar?

—No, le dije a Petricor lo de la llamada porque no se me ocurrió otra cosa… Fran me está esperando abajo en el coche… hemos quedado para cenar.

—Entiendo.

—Quería decirte una última cosa, bueno, en realidad dos. Espero que lo entiendas, David, cariño… La semana que viene nos vamos, ya casi tenemos todas las cosas recogidas.

—Ah, joder, de ahí los ruiditos.

—Sí, perdona. Toma, te he traído la llave de la escalera… Ahora podrás subir cuando te dé la gana.

—No sé si subiré con mucha frecuencia, pensaba alquilarlo.

—David, cariño…

—No me llames cariño.

—Bueno, David, que ha llegado el momento, ya sabes a lo que me refiero. No lo puedo dejar más, esta no soy yo… Lo he hablado con Fran y él me apoya… Quiero empezar una vida nueva, en una ciudad nueva… y con un cuerpo nuevo.

—¿Dónde podré encontrarte, Jesús?

—En cuanto lo sepa te lo diré. Y, por favor, llámame Olivia.

PARTE IV

Eres como esa africana, muy pobre, a la que le preguntaron qué le gustaría tener. Y dijo una vaca. Le insistieron: lo que quieras, de verdad. Quiero una vaca, dijo. De acuerdo, pero si ya tuvieras una vaca, ¿qué pedirías? Y dijo: dos vacas. ¿Y sabes por qué? Porque era incapaz de imaginar nada más. No le habían enseñado a hacerlo. Carecía de los recursos para ejercer su derecho a desear.

Simón,
Miqui Otero

Al fin la tristeza es la muerte lenta de las simples cosas.

Armando Tejada Gómez

INSCRIBIERON A NÍNOCHKA COMO LA SEGUNDA HIJA de Anna y Alexánder Trigub. La pequeña Anna la detestó con solo verla. Se negó a compartir habitación con esa criatura de ojos insolentes. El padre la abofeteó. Esa misma noche intentó ahogar a la niña con una almohada. La madre entró a tiempo. Castigaron a la pequeña Anna poniéndola de rodillas en un rincón, sobre un puñado de arroz que le hizo sangrar las rodillas.

* * *

EL TELÉFONO NUEVO NO FUNCIONABA EN EL SÓTANO, PERO aun así Nina dormía agarrada a él. Elena le había mandado junto al teléfono un peluche con el que solía dormir, pero ya no, eso era antes de bajar al sótano.

La primera noche sintió un correteo por la cara, al abrir los ojos vio a una rata huir por el suelo embarrado. Las paredes de ladrillo visto rezumaban cal y agua, se hacía difícil respirar por la humedad, el humo del pequeño fuego tampoco ayudaba. Al tercer día las paredes encaladas comenzaron a tiznarse de negro, las mantas olían a chimenea, el frio se mezclaba con el olor inútil del fuego. Nina tosía.

Ambas la llamaban tía Nina y ella callaba. Cuando se enfadaba mucho se hacía un ovillo y metía la cara entre las rodillas y amenazaba con tirarse a los pies de un tren, que lo había visto hacer a una mujer en una película, y decía que ella sabía la verdad y si su madre estuviera viva… Si su madre estuviera viva…, se lamentaba.

Abrieron los diques del estanque para inundar la parte baja de la aldea. No consiguieron pasar. Las ruedas de oruga quedaron atascadas en el lodazal. Esa noche las diez familias que seguían en el pueblo salieron de sus escondrijos y compartieron la poca comida y bebida que les quedaba hasta el alba. Dos días más tarde bombardearon parte del pueblo, se llevaron el cementerio. La vieja Anna contó a las nietas y a Nina que el campo estaba sembrado de huesos, las tumbas habían quedado abiertas. Una vecina se llevó los huesos de su hijo a casa. Ellas decidieron no hacer nada, de poco valían los huesos de la tía Marusya. «Dios nos perdone», susurró Nina.

* * *

Cada vez que Nínochka la llamaba tía, Nina hacía un esfuerzo por no llorar. Apretaba los puños y cambiaba de tema. Recordaba aquel día que amamantó un puñado de juncos junto al lago, y la cara del vecino joven de la casa de enfrente. Era su secreto, murmuraba, y la pequeña no paraba de preguntar por aquel secreto y Nina le decía que solo el barro del estanque lo sabía, y las gallinas del colmado y el maíz, el maíz duro como la piedra, el maíz que mantenía en la boca mucho rato hasta que se ponía blando y lo podía masticar. «Porque los dientes, Nínochka, porque los dientes…», decía.

Guardaba los caramelos en una caja de latón, y los huesos de los albaricoques más grandes para luego sacarles la pipa que sabía a almendra. Una vez guardó una manzana roja y enorme en un trozo de periódico y la encontró al cabo de algunas semanas podrida. Se llevó la fruta a la boca y lloró. Lloró de amargura y del mal sabor del moho que la cubría y del dolor de no poderle dar a su…, a su sobrina…, a Nínochka, aquella fruta tan enorme y tan roja. Rebuscó con rabia en su interior fermentado y sacó las semillas.

Crecieron, pero nunca dieron fruto.

* * *

El sonido de la llamada retumbó por todo el pueblo. No había nadie en la única calle a cuyos lados se amontonaban las viejas casas, la mayoría derruidas.

Al vecino joven —ya no tan joven— que conocía el secreto de Nina se lo llevaron. Se lo llevaron al levante, de donde venían los hombres malos, le dijeron. Y al poco tiempo abrieron las compuertas y el estanque cambió de forma y a Nina le recordó la inundación de aquel verano. Aquel verano de hacía treinta años.

Los tres habían corrido bajo aquel diluvio sin saber lo que se les venía encima. Anna tenía quince años y David, el que se fue a España, debía tener apenas seis. Las carreteras se habían convertido en ríos y habían desenterrado las tuberías. La corriente había arrastrado los nidos de las gallinas y los pajares huerta abajo y en medio del lago se formó una isla de basura. Las gotas caían sobre el barro y rebotaban hasta las rodillas. Anna dijo que eso iba para largo. Habían estado riéndose todo el camino. Se calaron hasta los huesos y solo querían llegar a la casa y cambiarse de ropa y sentarse junto al fuego a comer galletas de fresa con té amargo.

La tía Marusya se había empeñado en salir a buscar el ganado. Su hermana Gala le dijo que estaba loca, que si se moría pues mejor, una estúpida menos en el pueblo. Por poco se ahoga en una zanja de varios metros de profundidad. Luego contaría que le ayudaron las raíces. Salvó todas las vacas. Conservó una cicatriz.

* * *

LO MEJOR DE ESTAR EN EL SÓTANO ERA QUE PODÍA HABLAR con Nínochka tanto como quisiera. Nínochka había estudiado informática y tenía un buen trabajo. Se había convertido en una mujer de semblante taciturno, alta, rubia. Nina no podía disimular la cara de admiración cada vez que la tenía frente a ella. Cuando cayó el edificio de las oficinas donde trabajaba, los padres decidieron mandar a las dos hijas al pueblo, ellos no podían cerrar la panadería con lo que estaba pasando. Pensaban que en el pueblo las hijas estarían más seguras. Se equivocaron.

Nínochka le trajo una manta de plumas a la tía Nina. Y un termo para que no se enfriase el té y una baraja de cartas con la que jugaban cuando había luz.

Le dio una bofetada a su abuela cuando esta insinuó que si caía algo era mejor que se llevase a la tía Nina. La vieja Anna no quería subir por leña durante los toques de queda y mandaba a Nina.

Comenzaron quemando todo lo que había en el sótano y no era de utilidad. Primero los libros, luego algunos muebles viejos, después varias cajas con álbumes de fotos. Nina escondió en su bolso todo lo que pudo, un par de tarjetas de felicitación que Elena había mandado desde España a su madre, un retrato diminuto de Genadi, el primer novio de su hermana, muy sonriente, con el uniforme militar. Genadi le gustaba. Se casó con otra y Elena casi se vuelve loca. Metió debajo de la cama dos álbumes de fotos salvándolos del fuego. Cuando quemaron todo lo que ardía, Nínochka propuso hacer turnos para subir. La hermana mayor y la abuela se negaron. Decidieron subir juntas cada dos días y traer tanta leña como les fuese posible.

Junto al cobertizo Nínochka agarró el teléfono y llamó a Elena sin hacer caso a las quejas de la tía.

* * *

Aulló como un animal salvaje cuando la sacaron entre los dos hombres del sótano. Gritaba que aquella no era su familia, arañó los brazos de Nínochka y escupió a la vieja Anna y a la nieta mayor, que la miraba asustada desde una esquina del sótano, con su habitual cara de repugnancia. La llamó mi niña, mi niña, mi niña… Chilló hasta quedarse afónica y se orinó encima.

Pasó los siguientes cuarenta minutos temblando y repitiendo el nombre de su niña.

Elena había llamado a su cuñado para que sacara a Nina del país.

No había ninguna esperanza.

* * *

NÍNOCHKA AYUDÓ A RECOGER LAS POCAS COSAS DE LA TÍA Nina y las metió en una maleta. Hizo un ovillo con la ropa interior vieja y roída. Encontró los álbumes bajo la cama y un bolso de Disney donde la tía Nina guardaba sus tesoros: gomas para el pelo, la baraja de cartas, dos juguetes de huevo Kinder, unas canicas y muchos envoltorios de caramelos. Metió el azucarero de plata y una caja de latón con monedas antiguas y envolvió en periódicos el jarrón de cristal de Bohemia que la tía Elena había ordenado que le llevara. No entendió el valor de aquellos objetos.

Ella no quería irse. No podía irse. No podía abandonar a su familia, dejar su vida atrás.

La abuela Anna decía que Nina se había vuelto aún más loca.

Nínochka no quiso interpretar de forma literal las palabras que su tía berreó mientras se la llevaban.

La última imagen de la tía Nina fue pegada a la ventanilla del asiento trasero, con los ojos azules envueltos en sangre, lamiendo el cristal.

Sonaba la sirena. Había diluviado y estaba segura de que la leña amontonada junto al cobertizo no iba a arder.

* * *

Hicieron noche en casa de la suegra de Elena. Raisa Pávlovna se negaba a bajar al refugio. Lo único que le daba pena era no llegar a los cien años, como su madre. Pero por lo demás le daba igual todo, lo primero que recordaba era aquel ruido y ese ruido iba a ser lo último.

Raisa Pávlovna le puso un tarro con trigo sarraceno y ternera estofada. Metió en la maleta, sin que nadie la viera, un cuaderno con sus memorias, unas anotaciones que había empezado a escribir cuando se dio cuenta de que comenzaba a olvidarse de las cosas. En una bolsa de plástico le puso diez manzanas, que era, según Raisa Pávlovna, el alimento que mejor quitaba el hambre. Peinó a Nina con manos temblorosas, le cortó las uñas con esmero. Y dijo que ni una palabra a la nuera y a los niños esos desvergonzados que llevaban treinta años sin descolgar el teléfono.

Le enseñó una foto del hijo y de la nieta que había tenido con la profesora aquella. Le dijo que vivían en una isla donde siempre hacía calor. Donde crecían muchos plátanos.

Nina pensó en la mandarina podrida. Pensó en volver de España cargada de plátanos para Nínochka.

* * *

El conductor le dio un fajo de billetes a una señora malhumorada que iba con dos niños. Nina había pasado todo el viaje dormida. Tardaron más de veinte horas en recorrer los setecientos kilómetros. Nina dormía abrazada a la bolsa de las manzanas.

La mujer malhumorada ató el otro extremo de la cuerda que tenía atada a su cintura a la cintura de Nina. Los niños cogidos de cada mano. Dos bolsas de loneta en bandolera.

Cruzaron a Polonia tras esperar una fila de horas. La mujer malhumorada no dijo cómo se llamaba, ni le preguntó el nombre a Nina. Cada tanto se palpaba el pecho, comprobando que los billetes siguieran en su sitio.

La desató cuando unos polacos les ofrecieron comida.

Nina le dio una manzana a cada niño y les preguntó el nombre.

La madre los mandó callar.

* * *

La mujer malhumorada la subió a un autobús y se fue sin despedirse. Un niño cogido de cada mano. Las dos bolsas de loneta en bandolera. El dinero por el traslado de la mercancía en el escote.

Nina se sentó al lado de una mujer muy mayor que no paraba de repetir que tenía que ir al aeropuerto. Rezaba y decía que tenía que llegar al aeropuerto. Su hermana la estaba esperando en el aeropuerto. Rezaba por llegar a tiempo al aeropuerto. El aeropuerto, donde su hermana.

* * *

Nina fue la última en bajar. El conductor la ayudó con la maleta. Nina no se separaba de la bolsa con las manzanas, su olor la tranquilizaba. Colgada del cuello llevaba una cartera con la documentación y un teléfono. Le dijeron que Elena la llamaría. Que no jugase a la serpiente para no gastar batería. Su hermana Elena la llamaría. Su hermana. Su hermana que estaba en el aeropuerto.

No paró de repetir aeropuerto y el nombre de su hermana hasta que un operario polaco que hablaba ruso la subió en un tren y le dijo que no llorara más.

El teléfono seguía sin sonar.

* * *

Nina se mezcló con la gente. Se dejó llevar por aquella masa de personas. Muchos hablaban ruso o ucraniano, eso le dio confianza. Caminó rápido, como todo el mundo, hasta que se cansó y decidió dormir un rato. Se sentó en el suelo y reclinó la cabeza sobre la maleta, abrazada a las manzanas. Luego iría en busca de su hermana. Le fascinaron todas esas pantallas con números digitales. Los ventanales inmensos. La gente con prisas. Era la primera vez que estaba tan cerca de un avión, de tantos aviones.

* * *

La despertó el sonido del teléfono, un sonido metálico, antiguo. Se desperezó y dijo que sí que era ella, que se había quedado dormida, que iba en seguida a buscarla, que ya estaba allí en el aeropuerto.

La voz histérica de la hermana se quebró.

«Pues en un aeropuerto —dijo—, le pregunté a un hombre y él me subió al tren. La abuela que iba conmigo en el autobús dijo que su hermana también estaba en el aeropuerto».

Elena comenzó a chillar como una loca. Nina no entendía nada. Decía que estaba en la estación de autobuses. Qué tontería era eso del aeropuerto. Elena gritaba que la iba a matar de un disgusto, que no se moviera, que buscara un policía. Nina no entendía qué era lo que había hecho mal. Le dijo a Elena que no le gritara, que la fuera a buscar, y que no veía a ningún policía.

Se le acercó una señora bajita y rechoncha. Le preguntó en ucraniano si estaba perdida. «Déjame que yo hable con tu hermana», le dijo. Nina le dio el teléfono. Se abrazó a la bolsa de manzanas.

* * *

Un voluntario llevó a Elena en su coche al aeropuerto de Varsovia.

La mujer desconocida le dio su teléfono, por si el móvil de la hermana se descargaba. Elena le rogó que no se separara de ella. La mujer le dijo que Nina tenía miedo de que después de tantos años sin verse, la hermana le fuese a dar una paliza por estúpida.

Elena dijo que no la dejara sola, que no se le escapase de nuevo, por Dios.

* * *

No tuvo fuerzas para mirar a la hermana. Se pasó con la cabeza gacha hasta que el avión cogió velocidad para despegar. Una azafata le había puesto un cinturón que le apretaba la barrida y tenía ganas de ir al baño. Cuando el avión despegó, Nina se agarró con fuerza a los reposabrazos, levantó la cabeza, miró atónita a la hermana por primera vez en horas y le dijo que estaba muy vieja, que tenía muchas arrugas, y que le habían quitado la bolsa con las manzanas y que si en España había manzanas. «Cuando aterrice esto tenemos que ir a comprar frutas para Nínochka, cuando vuelva le voy a llevar muchas mandarinas y muchos plátanos», dijo.

* * *

No le salía la palabra. Decía «Marid». Elena se la hizo repetir un centenar de veces en el avión. Nina dijo que le dolía la cabeza. Una azafata le trajo unos lápices y un cuaderno para colorear.

Era imposible que ese fuese su sobrino. Un señor mayor muy delgado, calvo y con barba. Elena le juró que sí, que ese era el menor de los mellizos, su hijo. Nina dijo que no se fiaba de aquel hombre, que cómo iba a ser ese uno de los mellizos, si los mellizos eran pequeños la última vez que los vio. El hombre extraño que hablaba una lengua extraña y le dijo algo a una chica muy guapa que se llamaba Mónica, y que era su mujer, le explicó Elena. Nina se echó a reír, cómo iba a tener mujer su sobrino. Le estaban tomando el pelo.

El coche era más cómodo que el sofá del pueblo. El hombre mayor que decía ser su sobrino le preguntó algo en ruso, pero con mucho acento. Nina dijo que muy bien, pero que tenía que comprar mandarinas. «Para mi niña, para Nínochka —explicó—, si la vieras, seguro que te querías casar con ella», dijo.

* * *

Elena le explicó que ese era el otro, el mayor de los mellizos, David. Y Nina tampoco le creyó, era igual de viejo y de calvo que el otro, con una barba muy descuidada, pero con gafas. Hablaba el mismo idioma extraño y estaba un poco lloroso, como cuando a ella se le ponían los ojos rojos por culpa de las acacias. La casa era bonita. Era rara, pero bonita. Había mucha gente que hablaba el mismo idioma extraño. Nina pidió algo de beber. Había un hombre que movía mucho las manos al que llamaban Petri, que la sentó en la mesa y comenzó a sacar bandejas con comida, y luego se sentó a su lado para ver cómo comía. Cada vez que se acababa el refresco le echaba más. Elena la riñó por comer tan rápido. Nina dijo que era lo que le decían en el pueblo. «No, aquí no hay vacas», le aclaró Elena. «Menos mal, hermanita, ya estaba harta de tanta vaca», dijo Nina.

* * *

Ya no iba a dormir en un sótano. Elena le explicó que tendrían su propio apartamento. Nina dijo que aquello no era normal. Cómo va a tener una casa dos entradas, y se rascaba la cabeza con el gesto torcido. La primera entrada estaba en la planta de arriba y había que coger el ascensor.

Tenía una puerta marrón y un timbre, una entrada normal, como la de su casa de la ciudad. Pero la otra entrada estaba en la casa del señor mayor con gafas que decían que era David, pero Nina no se lo acababa de creer. Esa era la entrada que le gustaba a ella. Porque la puerta era verde y porque la puerta estaba al final de una escalera de caracol en el pasillo.

Elena le dijo que por el momento esa sería su casa. Y que la chica que vivía antes allí, una chica muy especial que se llamaba Olivia, le había dejado un regalo, una cesta de frutas con varias mandarinas. Nina se metió una en el bolso de Disney.

El señor mayor de las gafas no paraba de abrazarla y sonreír. Le dijo en ruso:

«A ver, repite conmigo: cu-cha-ra, cu-chi-llo, te-ne-dor».